De L'Extravagance Musicale à la Gloire Politique:

L'Étrange Vadrouille de

Michel Joseph Martelly

(Une Psychanalyse Succincte)

Librairie du Congrès : Dépôt légal par
Delma, Ernst 1955 –

De L'Extravagance Musicale à la Gloire Politique:

L'Étrange Vadrouille de

Michel Joseph Martelly

ISBN 978-0-9912499-1-6

9 780991 249916   90000

Michel Martelly semble être le premier président haïtien que les circonstances historiques permettent de mettre en pratique le précepte 'Lex pluribus unum est' de l'ancien philosophe. Il est, par cela, en train de devenir le premier vrai président de tous les Haïtiens.

Contenu

Prologue

Pour débuter cette plaidoirie historique qui se voudrait impartiale par-dessus-tout, laissez-moi réitérer un souhait efficace sinon généreux que j'ai formulé préalablement sous forme de lettre ouverte pour proposer une formule à la régénération de l'humanité haïtienne. Cette proposition rejoint l'idéal national en pleine gravidité par le truchement de l'homme qui constitue l'objet de cette étude, en l'occurrence Michel Joseph Martelly. Ce chanteur-arlequin devenu titan politique, favorisé moins par son adresse que par la maladresse des autres, nous vint à un moment crucial de notre histoire de peuple pour chahuter la rhétorique vide des aspirants au pouvoir, pour signifier la fin de tous les chagrins d'oiseaux sur les malheurs d'Haïti. Il sortit de la mêlée des héros politiques anonymes pour s'assurer et prétendre pouvoir assumer la fécondité de nos poursuites sociopolitiques sans cesse différées.

Il est venu pour signifier par-dessus tout que nous autres, haïtiens, sommes tous citoyens natifs ou adoptifs d'un même pays, une grande famille bigarrée par nos teintes épidermiques, nos moyens économiques (grands, petits ou inexistants), nos accomplissements intellectuels et professionnels et nos styles de vie; toutefois, nous sommes condamnés à vivre, gémir et périr ensemble. Différents nous sommes en surface mais joints par un cordon national qui se devrait d'être solide, malgré les fissures périodiques de tout vide conjoncturel créées par nos différences vraies ou fictives entre nous. Nous sommes soudés dans le bonheur comme dans le malheur, quoique les mailles caractéristiques de notre unicité soient affaiblies par nous (expressément ou accidentellement); ce qui fait de nous, la plupart des fois et à tort, des consanguins contradicteurs, des cousins immodérés, des frères siamois contrastés par indifférence.

Haïti, que nous partageons nonobstant ces différences précitées, notre pays d'origine ou d'adoption, est accablé par un enchaînement de lacunes généralisées, de malversations et de défaillances découlées de toutes parts et remarquées à tous les niveaux qui ont fait de Martelly et de sa déclaration de candidature des nécessités politiques répondant à un déterminisme historique sagace en son essence. C'est évident que quand on recherche l'origine des maux et malheurs qui accablent Haïti, nous retrouvons ses semences et ses germes un peu partout chez nous et en chacun de nous. Néanmoins, les conséquences sont catastrophiques et considérables tout comme sont profondes et nombreuses les racines qui devraient assurer la survie de l'expérience haïtienne selon la prophétie du Précurseur de notre devenir républicain, Toussaint Louverture. Nous avions emprunté des itinéraires contraires en maintes occasions et avions trébuché pathétiquement dans notre marche vers notre évolution; et, face à cette absolue incompétence à nous conquérir, nous sommes tous à blâmer.

Aujourd'hui, plus que jamais, c'est le temps de guérir, d'oublier, de rapiécer et de bouturer par nos capacités intellectuelles, morales et spirituelles toute greffe qui s'avérait impossible jusque-là dans le but de sauver l'un des épisodes des plus grandioses de toute l'Histoire Universelle. L'existence même d'Haïti constitue un défi qui a été lancé une fois dans le temps à la puissante citadelle de l'exploitation à outrance de l'Homme par l'Homme. Cette rigueur aliénante s'étant nourrie de notre division chronique pour se venger de notre libération, refusait longtemps après et refuse encore de succomber pour de bon aux dépens de notre destinée nationale.

Cependant, main dans la main, nous Haïtiens et les bons témoins étrangers pouvons sauver l'expérience haïtienne. Il nous échoit tous de donner un regain d'espoir à nos élites confuses et un début d'existence décente aux masses nécessiteuses, la catégorie la plus nécessaire dans toute société sans laquelle la catégorie médiane appelée à tort la classe moyenne ne peut qu'être une immense aberration socio-politico-économique. Quelle serait la meilleure manière de prouver sa bonne foi envers un individu ou une collectivité si ce n'est à travers la consolidation de sa base?

Sa fondation fait de tout bâtiment ce qu'il est. La jeunesse d'un pays, c'est son espoir. Commençons à refaçonner Haïti et l'Homme Haïtien en fonction de deux principes scientifiques modernes apparemment distincts mais conjoints: l'adaptation équilibrée des expertises existantes et une reconduction éducationnelle appliquée à la base.

Débutons par la base. Faisons de la jeunesse Haïtienne le propre ferment de l'espoir Haïtien, le catalyseur de ses lendemains meilleurs. Donnons un début d'humanité à l'arrière-pays haïtien en initiant ses fils à une culture scientifique, technique et hygiénique prometteuse d'une épreuve quotidienne dignifiée à travers une éducation pratique et moderne. La bienveillance bien ordonnée doit cesser de commencer par soi-même et essentiellement pour soi-même, mais de soi-même et éventuellement au bénéfice de soi-même par le truchement des autres.

Aidons, avec les moyens mis à notre disposition, chaque enfant haïtien à s'accomplir, à vaincre ce qui écrase l'Homme individuel tout comme l'Homme collectif quelque soit sa classe sociale, sa nuance épidermique, sa qualification ou son nom. Un bon père est celui qui réconforte ses enfants et les enfants des autres. Une vraie mère sert ses enfants et les enfants des autres. Formons chaque enfant haïtien de sorte que tous les enfants haïtiens sauveront Haïti ensembles demain.

Le goût de lucre et de luxe, récolté exclusivement pour ses propres enfants, s'éparpille et se gaspille sur les grands boulevards de la nonchalance. Ce qu'on sème pour tous les enfants, les siens et ceux des autres, dans les tranchées de l'altruisme, est récolté dans une solidarité invincible par tous les enfants et pour tous les enfants d'une société. Faisons de l'éducation une soupape de sécurité irréversible du devenir de l'Homme Haïtien. Initions très tôt l'Homme haïtien, à travers l'adolescent, à l'éducation moderne, à la technique et à la recherche scientifique. Ainsi, la transcendance permanente de la Nation Haïtienne prendra naissance dans chaque maison haïtienne.

Introduction

Notre petite nation est certainement éprise de démesure historique. Elle le proclame bruyamment à maintes reprises et en différentes bifurcations de l'Histoire Universelle. Que le messager qu'elle convoque au pinacle de ses grandes affaires s'appelait hier Toussaint Louverture, Dessalines, Christophe, Pétion, Boyer, Lescot, Estimé, Duvalier, Aristide, Préval pour ne citer que quelques-uns de ceux-là qui ont marqué de façon particulière donc indélébile notre histoire de peuple ou qu'il s'appelle aujourd'hui Martelly, la tâche fut et est immense. Pour tenter de conjurer nos malheurs, elle commande sans cesse une certaine attitude et une fortitude rigide au sein de nos dissimilitudes connues. Les leaders précités avaient tous compris et comprennent encore que confronter nos réalités et notre vérité avec intrépidité et quelque fois avec rudesse et robustesse dans les décisions, mais non sans mansuétude, est le seul remède à nos adversités immenses.

C'est surtout le côté mansuétude qui est toujours mal vu. Bonne foi politique a, en effet, toujours constitué la pierre d'achoppement sociale qui n'a de cesse de faire naître toutes les commotions lesquelles ont sans cesse basculé nos aspirations nationales dans les bourbiers nauséeux de nos mauvais rapports. Tous nos mandataires ont bercé nos rêves des plus précieux et certains ont éprouvé la dure réalité des sorts réservés à ceux-là qui prennent sur eux-mêmes la lourde responsabilité d'être des dépositaires de la mansuétude patriotique; et Martelly est en passe de faire, sans nul doute, l'expérience des contradictions exacerbées.

Ce qu'il est une nécessité de savoir, et la vérité historique est là pour le prouver, c'est que tout ce qui arrive à la nation haïtienne, arrive à l'Homme haïtien. Cette apologie historique veut plutôt que nous nous gardions de causer du tort à la nation en accablant démesurément l'Homme haïtien, président ou commun des constituants. Le rêve d'un Haïtien doit être le rêve de chaque Haïtien et doit demeurer ultimement un rêve haïtien. Et chaque citoyen haïtien, Martelly y compris, mérite, dans les limites prévues par la loi, toute la latitude nécessaire pour pouvoir réaliser et donner suite à son rêve qui a d'ailleurs l'apparence d'être en tout premier lieu un rêve haïtien.

Cette initiative de ma part de parler de l'inédit, de l'inaccoutumé est une entreprise hasardeuse qui réclame un soupçon de discernement, un zeste de bonne foi, pour ainsi dire, dans le choix des perspectives. L'Homme, Michel Joseph Martelly, sa campagne, son élection et maintenant le déroulement de sa présidence demeurent, en tous points de leurs considérations, inédits, inaccoutumés, étonnants et bizarres pour le moins qu'on puisse dire. Il veut témoigner dans les actes qu'il n'avait nullement porté son rêve trop haut quand il promit résolument un brin de bien être collectif à l'humanité haïtienne toujours confrontée à un déséquilibre généralisé.

Il voulait tout simplement dire que l'argent n'est qu'un moyen, et qu'il n'y a que la volonté de l'homme à faire la différence jamais faite. Selon plus d'un, il ne devrait pas être la prérogative d'un chanteur à l'allure morale ouvertement défroquée de faire la leçon politique aux magnats confortablement assis de la pensée haïtienne. La vérité est que Martelly n'a pas fait que pécher gravement contre sa dignité personnelle et contre les règles sociales établies, il n'a fait que prouver aux bien intentionnés - la plupart hommes intègres et illustres érudits mais qui ont échoué dans leurs tentatives honnêtes et leurs comportements rectilignes - qu'être correct est souvent le plus grand crime contre soi-même.

Selon les propos blasphémateurs quant à ses valeurs intrinsèques, il sue la nonchalance et l'arrogance par tous les pores. L'antagonisme politique doit de même avoir le courage d'admettre qu'il est un peu plus bienveillant que bon nombre, même sur les rebords ou en profondeur, au moins à certains points de vue. Certainement, selon la fougue qu'il met à l'extérioriser, qu'il aimerait voir un Haïti meilleur, pour tout le monde tant mieux, pour lui tout seul vaudrait autant le pari.

Il est venu et a assoupli le discours Aristidien sans pouvoir le remplacer - on ne remplace pas une vérité absolue par une autre - en se faisant adroitement ce qu'il est désormais connu pour être' l'homme de toutes les catégories sociales, brasseur de toutes les tendances progressistes'. Il a injecté un sang nouveau dans nos rouages nationaux ankylosés de déceptions séculaires, un sang de renouveau à un moment crucial où nous avions atteint le sommet de nos malheurs. Il a insufflé en nous, pour contrecarrer nos lacunes, un souffle puissant de pragmatisme éclairé au sein d'une bombance joviale, presqu'imbécile à nos standards rigoureux, mais qui affiche pleinement sa personnalité sans pourtant la définir clairement.

Cette étude psychanalytique minimale ne se veut être qu'une esquisse osée d'une plus vaste psychanalyse d'un caractère exclusif et étonnant qui est en train d'accoucher une œuvre sociopolitique autant exclusive et étonnante qu'il en fût cru incapable. Cette ambition de définir l'étrangeté de son odyssée de l'artistique au politique entend suggérer que c'est surtout le côté hors-série politique qui étonne chez lui. Il surprend le monde entier au bord de l'étranglement, autant que son électorat qui se devait de voir en lui un caractère étonnant en tout premier lieu pour mieux se permettre ce toupet gigantesque ou cette astuce désespérée d'encourager son aspiration au fauteuil suprême. Il fit frémir hier de sa fougue enfantine autant qu'il émeut aujourd'hui de ses visées titanesques.

Aux évaluateurs d'opinions de toute envergure et de toute espèce qui voudraient accabler cette entreprise de prospection avant la lettre de l'ère Martelly, j'aviserais que ce serait un accroc à toute probité intellectuelle que de biffer une page si remarquable de notre histoire sous prétexte que la figure politique d'intérêt ici n'est pas à la hauteur d'aucune estimation d'importance. À la vérité, ses œuvres sociales planent dans une sphère un peu plus haut que celles espérées par les insatisfaits de toutes nos couches sociales, eu égard à la ténacité des malheurs séculaires, spécifiques à notre réalité. Riches et pauvres observent ébahis le soulagement actuel.

Quant aux adeptes religieux de n'importe quelle dénomination, au nom de quel christianisme voudraient-ils accabler ce timonier politique qui fait de la compassion le plan de salut de son âme ou « la plus belle page de sa vie» (Martelly, 2011), quand Jésus-Christ lui-même réclame la compassion pour ceux-là qui ont compassion des plus humbles en en ces termes «Enfin, soyez tous animés des mêmes pensées et des mêmes sentiments, pleins d'amour fraternel, de compassion et d'humilité »(1Pierre 3:8).

Par quels critères, solides et clairs, prétendument bibliques, justifier notre acrimonie et refus d'adhérer aux ordonnances d'humilité du Fils de l'Homme proclamées tout le long du Livre de Dieu. Notre foi sans œuvres est-elle beaucoup plus agissante que celle de celui qui travaille d'arrache-pied à donner une dignité aux enfants de Dieu, à leur donner un visage humain en essayant d'enlever les moralement écorchés vifs et pouilleux de cette misère séculaire qui leur a rongé le corps, l'âme et l'esprit. 'Veux-tu savoir, ô homme vain, que la foi sans les œuvres (chrétiennes et/ou humanitaires) est inutile' ? (Jacques 2:20).

Nous, religieux, qui préférons justifier la pauvreté des autres par la mésinterprétation de la parole divine, Jésus-Christ n'a jamais dit que la pauvreté économique est nécessaire ni est une condamnation, mais que la pauvreté d'esprit emmène à la mort éternelle. Martelly, en condamnant la pauvreté sous tous ses traits, est fervent disciple de Dieu. Que les accrocs à sa réputation et aux préceptes sociaux ne soient pas l'achoppement au salut de son âme. Que son attitude passée ne soit pas la boue sous ses ailes quand prenant vol vers l'altitude spirituelle et morale méritée par lui.

En me faisant l'apôtre de son mouvement de sauvetage national, je ne suis ni païen, ni antéchrist. J'embrasse le génie du christianisme comme il veut se manifester à l'endroit de tous les humains sans distinction. Conformément aux mots de l'apôtre Paul dans Phillipiens 4:8, tout ce qui est honorable, tout ce qui est juste, tout ce qui est pur, tout ce qui est aimable, tout ce qui mérite l'approbation, ce qui est vertueux et digne de louange fait l'objet de mes pensées.

Toutefois, rien de vraiment historiquement sérieux n'étant encore écrit dans les annales de l'histoire autour de l'homme qui fut devenu le 4 avril 2011 le 56ième président d'Haïti, j'entends simplement faire l'inventaire succinct d'une percée phénoménale, celle d'une bacchanale musicale contestable convertie en apothéose politique incontestable. On retient jusqu'ici que Martelly devint ce qu'il est dans des conditions où l'on attendait le moins, au sein d'un remarquable zeste de folie et d'humour, qu'il se serait mal comporté tout au début de sa présidence. Qu'il s'efforce dorénavant d'être à la hauteur de ses ambitions politiques et de justifier son élection en essayant de répondre à ses promesses électorales, ses détracteurs se font un boulot à trouver un peu de fausseté dans tout ce qu'il entreprend. Ils infèrent avec jactance que ses voyages devraient être limités pour ne pas décortiquer la vache nationale forcément squelettique, ou que ses périples doivent être annoncés en menus détails à chaque fois pour une approbation plutôt sectaire que populaire.

C'était au sein de pareilles intuitions hybrides faites d'acclamations et de protestations, d'acquiescements et de reniements des plus persistants qu'il a mené campagne, qu'il a été élu et qu'il a prêté serment le 14 mai 2011. En dépit de tout un pluralisme d'opinions qui, hier, ne laissaient prévoir aucune inclination vers l'entente et qui n'étayent aujourd'hui aucune solidarité historique génuine ni vraiment persuasive en perspective, confessons qu'il est entrain de s'imposer et de s'enraciner dans notre culture politique à grands coups de tentatives estimables. Les forces en présence étaient hier impardonnables et contraires à ce point, et elles demeurent autant sournoisement réfractaires aujourd'hui.

Sa montée en fusée étourdie vers le firmament du pouvoir politique haïtien ressemblait plus à une superstition tactique, une persécution politique décousue visant à semer la pagaille qu'une décision murement réfléchie. Cet affichage outré de légèreté et de bonhomie dans ses mœurs consolidait les bases d'une telle méfiance. Mais les coïncidences sociopolitiques contribuaient précisément à favoriser la matérialisation ou la réalité d'une telle superstition, conformément au mot de Jean-Cocteau mettant en rapport ingénuité et simultanéité.

En effet, des coïncidences historiques connues de l'après février 1986 rapprochaient tous les dynamismes sociopolitiques néfastes en un faisceau bienfaisant en vue de rationaliser ses propres efforts politiques. Le moment historique fut laborieux assez et travaillait, en effet, avec une efficacité inouïe et inédite à faire de ce roi de carnaval, de cette coqueluche de nos rendez-vous champêtres, une figure politique emblématique. Il devint le premier président de sa catégorie, un artiste-musicien, dans toute l'histoire du monde. Sa jovialité nettement désordonnée, devenue une épopée politique tout à fait personnelle, ne peut être nullement vue comme une reproduction conjoncturelle, mais une innovation historique.

Martelly menait tout au début une lutte incohérente, quoique phénoménale en son essence, soit pour mériter en douceur le fauteuil glorieux ou le saisir par persuasion en forçant la conviction des autres quant à la légitimité et au caractère faramineux de son coup d'essai. Et ce fut les deux, un mélange de vigueur brodée d'astuce et de certitude angoissée. L'observateur sagace pourrait même parler d'un certain gâchis de personnalité chez 'un prince sans scrupules', dirait Burdeau, entreprenant la conversion d'un talent musical sûr en une gloire politique en gestation pour s'arroger la présomption d'une présidence réussie. 'Prince sans scrupules' parce qu'il était envahissant et débordant dans ce qu'il faisait de mieux, amuser et s'amuser outre mesure, soit au nom de l'incontournable pain quotidien soit en quête de mérite indiscutable. Evidemment, il habillait la ville de rouge vif, et tout ce qu'il a fait en la perspective musicale lui servait de trampoline à une gloire politique qui se fait plutôt immense. Il les a eu tous presqu'au petit bonheur, servi par sa nature exubérante et de façon à ne pas passer sous silence.

En tout cas, ce qu'il faut noter, c'est qu'il n'est pas un naïf de la politique comme on veut le faire croire. Il a initié deux grandes lignes d'action lesquelles, si prises au sérieux et leur continuité assurée, changeront irréversiblement la structure politique haïtienne. La première, c'est qu'il a entamé sa marche vers le zénith du pouvoir haïtien sans une théorie politique proprement dite, se servant de la situation générale du pays comme points de repère et évidences à ses arguments épatants.

Néanmoins, ses recommandations furent convaincantes quoique jugées dépourvues de protocole politique. Cette acquisition à elle seule, nous devrions avoir peur ou honte de le dire, constituait le début d'une victoire scandaleuse sur les principes qui refusaient ou n'en avaient cure d'apporter le bien-être convoité depuis 1804.

Peut-être qu'en bon stratège, fin sondeur de pouls politiques, il réalisait l'insignifiance d'une doctrine proprement dite. Probablement qu'il s'était dit, en accord avec Hoy qu'il a assurément lu ou dont il a entendu parler, que 'toute théorie doit être rejetée quand confrontée à une observation'. L'observation soumise à son extrême colère patriotique, et qui pouvait se passer de toute théorie insipide, était la situation générale du pays. Haïti était moribond, point de temps pour aucune rhétorique creuse. Nous étions un constat affreux, un échec flagrant qui faisait fi aux philosophies politiques audacieuses et non prometteuses. Rien d'écrit, en effet, ne pouvait prétendre pouvoir prendre le contre-pied de la grande interrogation historique qu'Haïti était devenue et est encore à un degré infinitésimalement moindre aujourd'hui.

Nos difficultés étaient nombreuses et disponibles aux instincts fouineurs du chef de bande engagé devenu tribun politique passionné et dénonciateur de torts. Il invalidait tous nos fameux politiques, dénonçait nos tares et retards dans un accès de rage mal contenue, armé d'un décibel extravagant procuré par rien qu'un 'orgue et un microphone' comme seules propriétés, selon la légende, avec lesquelles il s'était débarqué chez lui en Haïti, un chez lui désertique et qui se plaisait à être revêche à tout compromis sociopolitique pour la gloire d'Haïti et du bien-être de l'homme et la femme haïtiens. Les magnats de la pensée haïtienne se complaisaient à remettre le futur d'Haïti à un éternel demain, le rendant fragile et tributaire de leurs humoristiques promesses en saisons électorales. Leurs engagements renouvelés de provision de bien-être national étaient devenus empoisonnés et tapaient nous tous et Martelly sur les nerfs.

Le climat sociopolitique malaisé était bien la substance théorique qui fournissait à Martelly les thèses d'une rhétorique bâtarde, opposée à celle blafarde des moralistes endimanchés. Son ambition transcendantale qui était peut-être personnelle d'abord avant d'évoluer en nationale était devenue conséquemment boursoufflée. Il s'était ainsi élancé en une vitesse vertigineuse vers les sommets musical et politique, et ultimement vers l'immortalité. On fait état avec vaine jactance de son effronterie, mais un président hors de l'ordre commun, même quand effronté, ne meurt pas dans l'histoire. Il anticipe et achève l'immortalité.

La deuxième ligne d'action qui est en passe de lui assurer une victoire irréversible, c'est l'impact de son attitude pare-balle sur nos mauvaises manières sociopolitiques. Une substance philosophique moderne, en quelque sorte, est née avec son avènement brutal. Avec lui, et il faudrait être de cécité commandée pour ignorer la luminosité de cette vérité, les grands défavorisés, accroupis sans espoir sur l'échiquier national se voient permettre une nouvelle lueur de certitude dans l'avenir. Les handicapés, les gardiens des petits métiers, les femmes, les enfants, les paysans ne font pas simplement partie d'un vaste programme national qui les cajole momentanément pour les jeter dans l'oubli ensuite, ils sont vus séparés mais joints au sein d'une opération politique microscopique, acutangle mais agissante. Il fait de la nouvelle structure politique haïtienne, qui doit avoir désormais horreur du vide et de l'inaction, le point central de ses démarches. Il devint un mécanisme humain paniqué devant l'immensité de la tâche à accomplir au sein d'un remue-ménage national rendu inévitable par le séisme du 10 février 2010, grand cataclysme-sycophante de nos immenses lacunes nationales.

Martelly intervint pour aider à conjurer les démons de nos agonies séculaires. Désormais, tous les compartiments sociaux tombent dans l'arc capable de la mire politique du musicien-politicien, permettez-moi cet excès géométrique. Tout d'un coup, dans une circonspection angulaire, le pays entier est en chantier. Pétion-ville comme Cité Soleil, Port-au-Prince tout comme les provinces, notre aéroport tout comme nos poubelles à détritus reçoivent ses visites diurnes ou nocturnes, Place Boyer après Jalousie, des écoles publiques, des centres de santé et des postes de police pullulent et sont inaugurés un peu partout. Sa femme, ses collaborateurs, personne n'est épargné de sa hargne galvanisante, il tient toujours à 'ces performances quotidiennes réclamées' par lui en renforcement du refrain de 'l'obligation des résultats' entonné plus tôt par Michelle Duvivier Pierre-Louis.

Lui-même partit en trombe pour tracer un bon

exemple permanent, il ne se mesure pas à l'équerre. Il s'investit à fond. Mieux et plus souvent que n'importe quel autre leader de l'histoire du monde, il enfourche ses souliers fins et ses bottes de construction à tour de rôle. Et quiconque armé d'un brin d'objectivité peut jurer n'avoir jamais vu un leader politique rassembler en un mois autant d'âmes autour de lui par kilomètre carré. Au lieu de l'orgue d'hier, il manie aujourd'hui la plume présidentielle avec autant d'admissible professionnalisme que d'élégance. Il fait avancer, de toute façon, lentement mais évidemment, le chariot rétif de notre initiation irréversible à un plus haut degré d'aspirations humaines.

S'étant jeté dans la bataille, en homme d'action, pareil à un forçat fraîchement libéré en quête d'un nouvel espoir national, il entendait clairement signifier son intention de faire de l'état le fonctionnaire de la société, un agent de change. En temps de campagne comme pendant deux décades auparavant, il exprimait sa fatigue personnelle dans un pays dénué de tout ; même d'une salle de théâtre décente, lesquelles pullulaient à Port-au-Prince et en provinces avant et qui n'étaient nulle part à trouver désormais. Il exposait aussi notre fatigue nationale et disait non, à haute voix sans nuance aucune, à la bureaucratie prétentieuse et arrogante d'un système sociopolitique en confusions et en débandades.

Préval, Capitaine Courage, dépourvu des moyens de son ambition d'une bonne gestion du déséquilibre national ne tenait plus la barre d'une poigne ferme. Il lâcha prise un peu, devint indolent comme Alexandre Pétion ou Sténio Vincent longtemps avant lui, et c'était constaté le lendemain même du séisme de 2010. En quoi d'ailleurs pouvait-on faire grief au barbu de Marmelade? Il a fait ses preuves de bonne foi politique sans les ressources qu'il fallait pour stabiliser ses ambitions politiques durant deux décennies de 1991 à 2011. Lui aussi était chahuté par la Chambre Législative tout au début de sa carrière politique dans le duel Exécutif/Législatif historiquement infâme, en toute évidence un mal national qui nous revient de droit dorénavant.

Martelly avait fait un atout majeur des échecs allégués mais jamais certifiés du barbu de Marmelade. En toute urgence, et utilisant des moyens inaccoutumés, il exprimait dans des refrains effrontés, moralement agonisants pour certains, sa désolation devant la constatation amère qu'on marchait à vive allure vers une dérive irréversible dans une société désormais dépourvue de valeurs essentielles sur quoi compter. Même notre imaginaire, soupape de sécurité séculaire, tremplin de secours social ne pouvait pas tenir les coups durs. Nous étions assenés coup sur coup par nous, par les mauvais témoins étrangers, par les adoptés ou adoptifs acariâtres et par la nature.

En accord avec Burdeau, Martelly avait compris qu'Haïti était devenu un pays transformé en 'une démocratie bourgeoise, celle où toute loi est volonté du peuple mais où toute volonté du peuple n'est pas loi'. Il semblait se dire, par un appel intérieur, tout dépouillé de semences philosophiques qu'on prétendait qu'il était, que dans un pays où même la voix de Dieu est assourdie, il faut se faire une vocation d'être une voix par un quelconque procédé disponible. Ainsi, remettre Dieu debout et ranimer sa voix était imminent; et il en avait fait une vocation, car une société sans Dieu et sans peuple, similairement à une sans loi, est périssable.

Carl-Brouard nous a laissé en héritage salutaire la mise en garde que 'le peuple est le pilier de l'édifice et quand il se retire même momentané l'édifice s'écroule'. Martelly s'était fait à cette logique et, à ce point de vue, il partait à la rencontre à mi-chemin d'Aristide que, pourtant, il démantelait bruyamment et sans indulgence dans le passé. Le musicien sanglotait pour un meilleur décorum et un climat social vivable, un monde commun amélioré que le petit prêtre ne pouvait accoucher sur le coup tout dépourvu qu'il était des moyens de son énorme ambition patriotique.

Le curé des faubourgs malfamés de son côté, exténué et impuissant à délivrer le pain quotidien et le mieux-être promis, geignait à son tour pour un brin d'humanité pour les plus humbles, pour une fraternité tempérant, pauvreté dans la dignité, même sans égalité. En tout cas, leurs philosophies façonnières de sociétés justes, ne pouvaient pas scruter l'horizon politique haïtien en droites parallèles pour toujours; elles devaient se converger quelque part dans le temps parce que les priorités, sans être exprimées usant le même langage, étaient néanmoins nées chez deux nationalistes incorruptibles.

Peut-être qu'en politique on comprend l'ennemi que quand on est dans ses souliers. L'ami ou l'ennemi, qui est qui en politique quand on est sans peuple à sa suite, c'est-à-dire sans assises populaires. La politique est un art difficile, vraiment difficile. Martelly devait coûte que coûte se rendre à cette précieuse évidence. À ce point de vue, il réalisa que tout populiste est philosophe émérite et politicien de première classe ; et, avec discrétion, sans décibel, il applaudit le petit prêtre qu'il chahutait bruyamment dans le passé.

À voir Martelly à l'œuvre dans les premiers moments de sa candidature, se livrant à une vadrouille perpétuelle, à tue-tête, on l'aurait dit adepte d'un volontarisme politique sans issue. Bien au contraire, il était plutôt enveloppé par la Providence, supporté par son électorat et entouré d'une panoplie de stratèges bien imbus exécutant un organigramme infaillible visant à l'implémentation d'un plan de sauvetage national.

Il devait se faire une base solide avant de passer à l'action. Une autre fois, stratège expérimenté, il l'a fait en ayant eu soin de s'attaquer, armé d'une bonhomie efficace et règlementaire, à ce que la métaphore politique moderne appelle, selon Burdeau, les 'trois méchantes' et qui ne sont que: la technocratie (qui fait main mise sur le pouvoir), la bureaucratie (qui méprise l'Homme en général jusqu'au président lui-même, l'humilie, le détruit, le dépersonnalise, le tourne en un zombi), la centralisation(agrégation mal dispensée des capacités intellectuelles et professionnelles et des ressources corrélatives).

Les trois notions précitées se révèlent toutes manœuvrières et promotrices des revers sociopolitiques haïtiens tels que connus. Il a attaqué cette méchante trilogie avec une témérité fougueuse, par le truchement d'une robuste harmonieuse disharmonie. Il a gagné ou a-t-il encore à gagner?

Contre la technocratie, il entendit procéder au rétablissement de la diversité, promotion de la féminitude par exemple dans le monde d'hommes des grandes affaires de la nation. Il en a fait la condition première pour la germination d'une liberté égalitariste qui ne peut qu'être propice à l'émancipation irréversible de la nation. Pour réformer la bureaucratie, il entend éliminer les lenteurs, l'incohérence et les complications. Contre la centralisation, il pense avec raison que le mieux serait de disséminer les capacités intellectuelles et professionnelles, les ressources et les moyens technologiques et logistiques selon une structure établie, donc convaincante et engagée à un succès permanent.

La décentralisation qu'il prône promet la libération totale de l'individu haïtien des griffes de ce qui empêche son évolution définitive. L'une des définitions des plus pragmatiques de la liberté c'est d'aller où l'on veut, quand on veut, sans contrainte aucune. Dans une société structurée, pour bénéficier des services disponibles dont on a besoin en vue de contempler la poursuite du bonheur inhérente à chaque citoyen du monde et garantie par toutes les prescriptions fondamentales de la planète terre. En ce sens, liberté rencontre décentralisation à mi-chemin. Ce que Martelly veut mettre en relief ici dans ce mouvement de régionalisation administrative est exactement ce sentiment de liberté qui nous rend infiniment libres quand l'autre individu, homme ou femme, est libre.

Dans cette entreprise imprudente de formulation d'opinions prématurées sur ses intentions et programmes politiques, permettez, faute de mieux, une certaine confiance au bon sens, au sens d'équité et au peu d'indications présentement accessibles. Dresser non le panégyrique d'un homme n'est pas sa visée, mais dessiner et peut-être raffiner un peu, sans volonté d'adulation mais dans une impartialité décisoire, le contour bosselé de l'avènement étonnant d'une personnalité également étonnante. Ce n'est pas non plus l'apologie d'une présidence ni celle du système politique auquel Martelly préside qui est entreprise ici, d'autant plus que ce serait trop tôt pour le faire. Les certitudes historiques nécessaires ne sont guère disponibles pour focaliser avec succès et convictions illuminées une telle démarche.

Néanmoins, avançons que Martelly a fait son cheminement vers le boulevard politique de façon impertinente et désavouée, comme en un sursaut désespéré, comme en un rêve folâtre, tel un lépidoptère volage, suçant les fleurs de la vie avec incontinence. Sans le secours d'aucune théorie cohérente connue, écrite ou adoptée par lui au préalable, il se dressa verticalement du podium de l'industrie du spectacle. Ceci dit, sans attache sociale à racines vraiment profondes, durables et résistantes, il a crevé de son microphone et de ses doigts fébriles sur son clavier le chancre perfide d'un de nos plus grands dilemmes nationaux, nos préjugés.

Le tout premier de sa complexion épidermique, disciple-gouverneur de Jacques Roumain peut-être, à parler de paysan de façon intensive dans un programme politique. Et de sa prouesse de parvenu en politique, nuisible à sa moralité à bien des points de vue, on aurait dit plutôt l'expression belliqueuse dans une insolence toute exagérée d'un affranchissement longtemps convoité et finalement échu. C'était comme le refrain libérateur d'autrefois, *'lage'm pou'm pale'*, du Tabou Combo.

En définitif, en dépit de ce que les occidentalistes impénitents peuvent spéculer quant aux standards universellement établis, Haïti a donné naissance une autre fois à l'inaccoutumé et une démocratie bizarre fut née dans les tranchées scabreuses d'une situation sociopolitique inimaginable. Un musicien-chanteur-comédien-président fut né. Maintenant, comment évaluer sans exagérer ou sans démoraliser pour ne pas tuer dans l'œuf le processus en cours d'affirmation quant aux grandes espérances renouvelées et aux petites promesses tenues? Quelle rhétorique afficher dans ce débat tendu sans offenser les idéologies concourantes ou celles antagoniques?

Faut-il faire allusion aux premiers vrais mouvements sagaces entamés par ses prédécesseurs lointains ou rapprochés, qui avaient visé à l'amélioration individuelle de l'homme de l'arrière pays, pour dire notre appréciation de l'homme de « *Repons peyizan* », ou faut-il biffer le peu de bien-être que ces prédécesseurs-là avaient difficilement initié et péniblement scellé sur les registres historiques de notre société. Rappelons-nous que ce que l'histoire fait aujourd'hui, elle l'a déjà fait hier en d'autres circonstances et selon d'autres déterminismes.

À quel point, dois-je museler mes intentions qui se veulent préférablement magnanimes pour ne par ébouriffer tous ceux-là qui veulent encore crier haro sur Martelly pour ce qu'il a été hier et qu'il refuse de n'être plus désormais, affublé d'une insolence victorieuse? N'est-il pas encore drapé dans une victorieuse maîtrise de la situation, caractéristique agréable de sa forte personnalité, tout en s'attaquant humblement, en simple fonctionnaire parfois, à son devoir de premier mandataire de la nation? Cet étalon, de bonne souche sociale selon nos standards, qui s'est volontiers transformé en bourricot populaire pour la gloire de l'homme et de la femme haïtiens mérite une notoriété dénuée de flatterie? Un mince degré de probité intellectuelle nous contraint d'accepter sa fougue pour authentique et de magnifier sa bonne foi.

La conception, la production et la publication de cette entreprise hasardeuse tombent en conformité historique avec une assertion tirée d'un article publié par un congénère au pseudonyme capitainemiki48 sur haitiwebs.com. 'L'oubli est fatal à la mémoire d'une nation' fut le titre. Il serait en effet fatal de ma part ou de n'importe quelle autre autorité intellectuelle de laisser se vaporiser dans l'éther de l'oubli ce beau moment historique. Les premiers soubresauts essentiellement sagaces de la campagne de Martelly à sa gestion actuelle de la chose publique, sans les excéder, doivent être l'objet d'une certaine remarque historique et soumis aux peignes fins d'une investigation simpliste pour le moment mais lucide en son essence.

Sa seule particularité justifie sa majesté historique et rehausse son lustre. Dédaigner qu'elle est grandiose serait comme abîmer les premières pages d'une commotion historique délicate, là sous les yeux d'une génération avide de lire la page d'histoire d'un homme qui a prétendu vouloir en faire la plus belle de sa vie. Peu importe ce que les historiens retiendront plus tard; en toute franchise, ce serait une forfaiture regrettable pour l'histoire que de passer l'aujourd'hui d'Haïti sous l'éponge de l'indifférence. Cet actuel épisode historique de nous est tant étonnamment pénétrant et accapareur d'attention.

Ce petit bouquin nourrit la prétention de pouvoir galvaniser, sensibiliser nos perceptions donc rendre adaptée cette nouvelle facette de notre existence historique. Généreux dans sa quintessence, modeste en son volume, vu à travers un prisme transparent et une écriture objective, il n'entend nullement justifier à la légère ni vilipender inconsidérément. Il veut plutôt analyser objectivement et évaluer en toute probité intellectuelle et sagesse individuelle.

Cette tentative explicative veut en outre mettre en relief les attributs à la fois humain, artistique et politique de celui qui a exécuté un saut périlleux des plus spectaculaires. Une culbute qui s'était révélée risquée pour lui-même et pour le pays, un pays sur lequel le musicien débonnaire avait semblé jeter son dévolu un peu avec désinvolture sans égard pour les grands maîtres de la politique haïtienne sur le terrain. Cette fuite en avant désordonnée que plus d'un attribuait à une dégringolade dans nos us et coutumes sociopolitiques faisaient peur et rire en même temps. Certains jeunes individus de la couche favorisée étaient toujours devenus riches et respectables à la faveur des circonstances connues, mais solliciter la présidence a toujours été affaire de géants de la pensée haïtienne ou leurs cascadeurs de choix.

Martelly a, avec sa candidature, osé l'un des plus surprenants coups de tête connus des hommes et de l'histoire, celui de vouloir prendre en mains la destinée de millions d'autres hommes, dix millions plus précisément à la fois bouffis d'espoir et de désespoir. Il a provoqué la tempête dans le bénitier politique haïtien, a mis fin à un mode de pensée et a initié un nouvel ordre de choses dans nos pratiques accablantes en matière sociopolitique. Son bagage mince en substance politique, une insuffisance présumée en rudiments intellectuels et technocratiques et sa renommée de plaisantin irréparable se targuant d'une certaine possibilité de réussite irréversible fournissaient matières à médisance et faisaient pouffer de ses prétentions.

Mettre le cap sur le Palais National, même en ruines, surtout en ruines, revendiquer avec la présidence en tête, devait être une entreprise de titans politiques, donc était bien un tour de force qu'aucun musicien n'avait jamais tenté auparavant. Lui, il avait osé et prophétisé un succès possible 'ce qu'on ne veut pas voir, c'est ce qu'on va voir' et l'électorat à sa suite de concrétiser sa prophétie avant la lettre 'Ce Martelly qu'on ne veut pas voir, c'est lui qu'on va avoir', simple slogan de campagne, mais manifeste et résolu dans ce qu'il entendait exprimer.

Ce défi sonore, aucun leader, y inclus les bras des plus musclés, les cerveaux des mieux meublés, les volontés des plus irréductibles et les sagesses des plus éprouvées de notre histoire nationale, n'arrivait encore à s'en enorgueillir de façon persuasive. Mais, pour contingenter toutes les observations arbitraires qui accableraient puis désorienteraient les élans magnanimes de cette volonté immense, pourquoi ne pas nous rappeler ici que l'ordonnance qui procure le triomphe vient tout droit du cœur et se découvre corps et âme chez le récipiendaire des vertus toutes sublimes choisi par la Providence?

Galvanisé et inspiré, il a essayé ce qui avait assuré la notoriété de seulement une poignée de leaders avant lui, le seul après Duvalier et Aristide à comprendre mieux l'opinion de Burdeau(1979) que 'les peuples ne sont pas faits pour les rois, mais les rois pour les peuples'. Il rejoint aussi l'éminent Sénateur Américain Ted Kennedy qui eut à déclarer 'Ce qui fait toute la valeur des Kennedy du Massachussets sur l'échiquier politique américain et du monde n'est ni l'argent ni les études intellectuelles et professionnelles mais le service public dont ils ont fait leur sacerdoce'. Donc, c'est avec cet esprit de serviteur plus que de conquérant que le ci-devant autoproclamé président du compas partit à la conquête de la citadelle populaire de l'électorat haïtien.

Michel Joseph Martelly - l'enfant terrible des hauts-lieux et des bas-lieux des bamboches musicales haïtiennes, le fauteur de trouble aux excès corporels réputés extravagants pour ne pas dire répugnants devint un aspirant politique à prendre au sérieux et évaluer avec prudence. Lui qui n'a été connu jusque-là que comme le gai-luron, bienfaisant lutin de nos rendez-vous sonores et folkloriques. Il a poussé son audace un peu trop loin, éreinté les cordes de son destin un peu trop selon la plupart des observateurs et acteurs de notre quotidien politique, selon les tabous et selon les préjugés. Sa simple proclamation de candidature, attribuée en un premier temps à une plaisanterie enfantine d'un bambocheur-bêtiseur, devenue par la suite sujet d'appréhension, inquiétait énormément l'establishment politique.

Cette inquiétude n'émanait d'aucune peur corroborée dans les faits, mais plutôt d'une indignation mal formulée. C'était comme, qu'est-ce qu'on entend? Où sommes-nous ? Est-ce possible après tout, un musicien au palais pas pour divertir le président, pas pour cautériser le chancre des malaises présidentiels, mais pour être lui-même le président? Certains croyaient y déceler un grand affront à amortir par des grognements, une mortification flagrante.

Un musicien aspirant à la présidence d'Haïti sonne, à un degré un peu plus déroutant, comme un charbonnier qui croit qu'il peut vraiment être chef chez lui, rêve chimérique. La nouvelle, pour cocasse qu'elle résonnait, ne faisait pas seulement envie de rire, elle donnait le vertige. Ça sonnait comme un glas funèbre et l'odeur pourrie de la mort morale planait soudain tel un voile de ténèbres sur une certaine catégorie ou sur toutes les catégories de la vie nationale. Une certaine impression de dégradation nationale, telle une sueur nauséeuse, suintait par tous les pores. Martelly s'était ainsi mis au pied du mur patriotique et y avait traîné tout le monde après lui dans l'adhésion, la circonspection ou la rejection. Tout au long de sa campagne et jusqu'à son élection, il s'évertuait à motiver les autres à admettre qu'il pourrait, une fois la cabale achevée, devenir contre toute attente un patriote émérite, un politicien éprouvé, puis un de ces présidents à ne pas pouvoir oublier facilement.

Les critiques et évaluations pessimistes en majeure partie dégradantes venaient de toutes parts et fusaient sur sa personne telles des flèches enflammées pour décourager son soulèvement citoyen. Cette démarche jugée combien humiliante et hasardeuse par une classe politique montée sur ses ergots et soutenue par une élite intellectuelle offusquait outre-mesure. Et quand dans son discours d'investiture, il a déclaré qu'il allait prendre prérogative de sa présidence comme jarretière et ceinture politique et économique, non seulement pour atténuer toutes les faiblesses et laideurs associées à son nom, mais surtout pour écrire la plus belle page de sa vie, l'on comprit alors que l'on avait affaire à une volonté de réussir immensément ambitieuse et honnêtement conquérante.

Cette détermination à s'atteler à assurer la prospérité d'Haïti s'était cependant manifestée de façon irrégulière, immorale, disait-on, sans égard pour lui-même et causant anicroche à ce que les autres appellent la bienséance. Lui, il se demandait tout haut, à quoi sert la bienséance quand l'expérience humaine même est fragilisée par la mauvaise politique et est conséquemment en danger. Quand Haïti devint une nation en état de pourrissement structurel généralisé, et que le niveau de vie de l'Homme de l'arrière-pays haïtien est dégradée au niveau de rien qui soit vraiment humain, que signifie donc toute convenance morale pour le politicien, il se demanda.

Pas mal de leaders politiques avant Martelly allaient jusqu'à une certaine extrémité quand l'humain souffrait, et combien d'autres après lui voudront assurément aller jusqu'à l'extrême quand l'humain sera en difficulté. L'histoire ne se veut-elle pas un perpétuel recommencement et la plupart des fois au sens des plus fâcheux de l'assertion? S'ériger en justicier est un acte de contrition personnel venu de quelqu'un qui s'autoproclame sauveur ou bouc-émissaire pour sauver l'expérience collective. Un homme avec un cœur est souvent réclamé par la Providence des humbles pour faire triompher la rectitude ou la mansuétude.

Ainsi, chez Martelly, la bienfaisance patriotique voulait et devait s'affirmer coûte que coûte, advienne que pourra. Même l'accroc à la bienséance ne serait pas à écarter pour gifler l'adversaire national. Et, ce qui avait fait la valeur intrinsèque de cette croisade tout à fait outrée et osée dans sa manifestation et qui attire encore l'attention, c'est que cette bienfaisance, en se manifestant dans toute la fleur d'une bêtise honnête et côtoyant un héroïsme trivialement exacerbé, devenait plutôt une obligation chez un aspirant a la présidence quand tout le monde pensait qu'il n'allait être qu'un coup de tête de la part d'un bambocheur espiègle.

Ou était-ce chez lui un agrément métaphysique particulier, un désir intérieur insufflé par un génie tutélaire enclin à exécuter une convenance historique due belle lurette et qui demeurait séculairement outragée par une réalité politique en état de pourrissement permanent. Ce génie tutélaire accablé par un rêve séculaire de succès toujours désorienté rencontrait la logique de Martelly et débordait les cadres de la bienséance pour exiger de lui un acte suprême de bonne foi, de charité visant au sauvetage national incarné en un bohême épris d'humanité. Les moyens de Dieu ne connaissent vraiment pas de limites.

Quant à son ambition de réussite, le monde entier ne voyait d'abord que chimères. Toute humble érudition historique inculquerait aux esprits fouineurs quant aux grandes questions humaines que la politique est un art difficile. La pratique politique est si difficile, en effet, qu'on se demande par quel artifice de ruse ou de calcul réussissent ceux-là qui réussissent de façon spectaculaire ou échouent ceux-là qui échouent de façon piteuse dans leur vocation de meneurs d'hommes. Une telle vocation pour l'autorité doit parfois être exécutée par eux avec maîtrise, traîtrise ou avec hantise.

De toute façon, les dés étant jetés, le ci-devant contesté candidat sorti triomphateur par sa force ou par la faiblesse des autres, vainqueur plus à cause des défauts de ses antagonistes que par ses propres qualités, est aujourd'hui au beau milieu de l'arène. Il mène la danse politique avec sagacité et sans relâche après avoir mené à plein temps et avec ingéniosité et célérité la bombance folklorique pendant un quart de siècle. Le mieux à faire dorénavant est de calmer les nerfs tendus, niveler les aspérités des tendances opposées, des émotions offusquées, des passions boursouflées et des intérêts antagoniques en vue de faire du rêve de chaque Haïtien, y compris celui de Martelly de mener, de bien mener et de réussir pour tous, le nouveau rêve Haïtien.

Où situerais-je, cependant, mon espoir propre au sein de ce délire d'opinions si opiniâtres autour de Martelly et de son avènement au pouvoir? Suis-je fanatique désordonné ou une volonté intéressée? Non, je ne suis et n'ai jamais été ni l'un ni l'autre; que l'aspirant à un quelconque trône fût de mon accointance, je ne serais nullement décousu à un extrême regrettable. Je déteste encore d'atteindre l'extrémité à ne pas pouvoir arguer contre ceux-là qui choisiraient de croire mes idées plus particulièrement intéressées que sincèrement solidaires.

Étant trop lucide, trop foncièrement érudit, trop enclin au professionnalisme méritoire ou émérite, trop peu technocrate pour ne pas savoir garder mes limites et n'être que patriotiquement solidaire. J'aime trop ce qui est bien, bon et louable chez chaque homme pour sanctifier un seul homme ou le condamner en bloc. Ceci dit, je ne place personne sur le podium plébiscitaire avec désinvolture aujourd'hui pour ne pas avoir à aider à culbuter quiconque vers l'échafaud ou la chambre à gaz demain. J'éprouve toujours un plaisir personnel à fuir les extrémités que je veux croire généreux.

Un brin de raison sans excès serait la logique derrière cette plaidoirie de moi contre toute cabale formulée et initiée sans réflexion ni réserve. Je ne suis que le partisan du bien-être de cette humanité à laquelle je suis fier encore d'appartenir, et je l'apprécie de n'importe horizon que ce bien-être découle, y inclus de la ferme prise de position citoyenne de Martelly à l'égard d'Haïti. J'aimerais sincèrement qu'il soit donné le bénéfice du doute et la permission d'écrire, dans la perspective de notre développement national, la plus belle page de sa vie pour une chance de faire de mes enfants, de ses enfants et des enfants des autres les héritiers bienheureux de cette nouvelle tentative haïtienne. Haïti deviendrait, par la réussite sociopolitique de la présidence de Martelly, à la fois une espérance et une nouvelle expérience. La ci-devant créatrice de toute une panoplie de grandioses surprises renouvellerait bien ses exploits d'antan en faisant d'un musicien prétendument débauché un embauché de la Providence à une cause sublime et l'un des leaders des plus équivoques mais des plus progressistes le monde ait jamais connus.

Vu à travers un angle plus ouvert et en vertu des

exigences historiques modernes, il est inconcevable de juger une figure politique en fonction du bien ou du mal qu'on dit de lui; mais, à quel degré ses démarches sociopolitiques sont imprégnées de spécificités humaines et humanitaires, de ce qu'il a voulu faire et de ce qu'il n'a pas pu faire en fonction des empêchements dressés sur ses pas pour accabler la suprématie de ses entreprises sociopolitiques. En d'autres mots, la vocation ratée de l'Homme politique accablé par toutes sortes d'adversités et adversaires de tout poil et de tout acabit vaut autant que certaines de ses réussites spectaculaires. Il y a parfois beaucoup plus de grandeur en certains échecs qu'en certains succès politiques. Rappelons-nous, en passant, que la politique est un art très difficile.

J'ai eu le bonheur de lire un très grand livre – l'un des plus extraordinaires que j'ai jamais lus jusque-là – La déroute de l'intelligence, de Roger Gaillard. J'ai appris de lui, effaré et effrayé, avec quel acharnement parcimonieux et quelle patience démoniaque nos bras musclés, de connivence avec l'économique et l'outre-mer, et nos têtes pensantes perverties avaient avili puis détruit la fine fleur de l'intelligentsia haïtienne. Ils avaient assassiné de corps ou de caractères nos volontés des plus désintéressées, hanté leurs vertus puis écrabouillé leurs âmes. Forfait mis sadiquement en exécutions durant toutes nos périodes historiques. Et je m'étais dit, n'est-il pas temps qu'on en finisse une fois pour toutes et qu'on donne à Haïti tout au moins à l'arrière-pays, le berceau de notre existence, le temps de respirer un souffle frais pendant que nous sommes encore à la genèse d'un siècle nouveau. Et si Martelly était le nouvel homme qui devait venir en vue de donner une toute autre allure à la lutte séculaire pour une meilleure chance de réussir, pour détourner la cabale, muni d'autres atouts.

Les prédécesseurs immédiats ou reculés de Martelly, eux aussi, avaient peuplé l'histoire de leur héroïsme et de leur dévouement, mais les enjeux étaient faits autrement parce qu'en politique les dynamismes ne peuvent et ne font qu'obéir aux circonstances atténuantes, qui ne sont pas toujours les mêmes et commandent souvent d'autres réponses. D'Estimé à Aristide et même jusqu'à Préval, les intérêts nationaux étaient encore trop irréconciliables pour espérer une détente moins fâcheuse qu'elle l'avait toujours été. La petite histoire veut qu'Estimé devait se transformer en une forme d'aventurier national pour imposer l'idée d'un brin de bien-être pour tous. Duvalier, armé du revolver et de sa plume, fouillait son cerveau à mort pour réussir à devenir seulement, pour une certaine catégorie, le plus illustre ennemi public numéro un qu'Haïti ait connu. La gangue inquiétante du populisme national était trop lourde sur la carcasse du petit prêtre des bidonvilles pour ne pas alourdir sa marche suprême vers une Haïti plus courtoise à ses enfants démunis. Préval lui-même devint l'arbitre pleurnichard pour l'obtention d'un salaire moins insignifiant au bénéfice de la classe laborieuse, mais en vain. Une fois de plus, l'arrogance financière a triomphé de son maintien pacifique et la mansuétude politique chahutée.

En conséquence, il avait fallu une formule politique convenable. La percée en avalanche de Michel Martelly sur la scène politique Haïtienne, les nécessités historique et pragmatique de son élection, son adoption par le peuple haïtien obéirent à certains déterminismes historiques autrement sérieux. Sa façon et son style préoccupaient la conscience nationale avec une intensité renouvelée; il prit le chemin du palais empruntant une trajectoire inhabituelle et une posture plutôt laborieuse, blue jeans, bottes de construction et baigné de sueur pour symboliser son mouvement de ressuscitation nationale. Sa posture révolutionnaire, symbolique en son essence, rappelait bien Jean-Jacques Accau.

Estimé retient l'attention pour ce que on a appris de lui à travers les témoignages lumineux relatés sur son caractère, sur les visées progressistes de son projet de société et sur sa philosophie politique revisitée à travers le prisme agrandissant des témoins d'époque ou oculaires. On laisse parler les autres, puis on développe sa propre conception de l'homme et de l'homme d'état. Et l'homme l'emporte assez souvent sur l'homme d'état. Le Dumarsais Estimé, victime des préjugés inébranlables haïtiens, sort encore plus grand de sa mort, une grandeur que ses ambitions politiques seraient inaptes à lui garantir. C'est ce que nous faisons. Nous tuons les grands hommes qui veulent se laisser tuer, nous noyons dans le sang leurs vertus peu communes, nous agrandissons le royaume de la mort de leur grandeur, puis nous leur donnons des funérailles grandioses, nous érigeons des monuments, nous serpentons le monde de rues et de routes, et nous construisons des édifices et des sites touristiques portant leurs noms, attitude oiseuse.

L'ère duvaliérienne inspire toujours à cause de la densité ethnologique, ethnographique et sociale autour de ce qui était devenu pour la première fois chez nous une culture politique sagace et inoubliable. Le degré d'inflexible perspicacité, cette sorte de sagesse expressément déviante jusque-là inconnu dans notre histoire, dont l'illustre leader du Tiers-Monde a fait montre au sein du choc des titans qui sévissait et qu'il avait orchestré, à la fois, avec ruse, philosophie et une connaissance approfondie des hommes et des choses de la vie ne peut que rendre curieux envers sa personne et envers son style politique.

Aucun politicien haïtien n'avait su utiliser si bien l'atmosphère sociopolitique qui régnait, se servir d'Haïti et de l'Homme haïtien de tout poil et de tout acabit, ennemi ou ami, si adroitement pour s'incruster de façon si irréversible et si inoubliable dans les tranchées béantes de nos querelles intestines et de nos déboires séculaires. La période duvaliérienne a alimenté irrévocablement l'imaginaire haïtien et cela avec une intensité beaucoup plus remarquable que l'ensemble conjugué de toute notre histoire antérieure ne peut en prétendre. Cette densité historique même ne devrait, tout fanatisme désuet mis au rancart, qu'attirer l'attention au lieu de détourner les regards sur son contenu. Dans la haine comme dans le respect, il attire encore l'attention historique.

Nonobstant les déchirements sociaux nés de commotions brutales dans les divers compartiments de la grande famille haïtienne et des angoisses personnelles venues des ballotements de l'âge adulte et des aspirations légitimes qui devinrent décevantes par la suite à cause des rêves déchus et des désirs avortés, j'ai vécu, pareil à pas mal de jeunes gens de mon âge lors, les meilleurs moments de ma jeunesse sous le gouvernement de Jean-Claude Duvalier. Alors pourquoi ne pas éprouver pour cette période certaines affinités sentimentalistes, pour le moins qu'on puisse dire ?

Idéalement ou pas, on évoluait dans une quiétude peut-être imparfaite mais concrète, jouissant d'un climat de sécurité, d'une confiance obligatoire dans nos institutions et commandée par les rapports historiques et sociopolitiques, mais c'était mieux que la licence catastrophique découlée des corrélations désordonnées entre les déterminismes qui ont provoqué sa chute du fauteuil présidentiel.

En conséquence, pour toute personne de ma génération, l'après Jean-Claude Duvalier était comme un paradis perdu. Aucun de ceux-là qui s'étaient succédés au pouvoir n'arrivait à incarner vraiment quoi que ce soit dont on jugeait son régime incapable ou coupable, c'était comme remplacer le prétendu mauvais par le prouvé pire. Pour ceux-là qui n'étaient pas encore nés, les regrets exprimés par les plus grands faisaient se ricocher sur leur conscience blêmie la fantaisie d'une époque pourtant pas trop lointaine comme un paradis qu'ils n'avaient jamais eu mais qu'ils avaient perdu à la naissance. Cette tranche de notre histoire d'hier, pour eux, était comme une histoire écoutée aux portes de la légende. C'est ce qui avait expliqué cette jubilation quoique modérée mais sincère de leur part au retour de Jean-Claude d'exil. Ainsi, le Duvalier dans Jean-Claude Duvalier lui garantissait honnête familiarité, franche popularité et respect commandé par le plus grand nombre.

Dans Jean-Claude Duvalier, il n'y avait pas le politicien butor que son père était forcé d'être; et sous lui, on respirait tant bien que mal. Le fils n'avait qu'à glaner sur une route politique déjà tracée au beau milieu d'un boulevard politique pas tant pacifique mais pacifié presqu'au point mort parce que le père s'était fait à la nécessité historique d'être à poigne et de serrer les boulons. En parfaite connaissance de cause, sans lâcheté, ni quartier, il a déclaré au micro d'un journaliste Américain en 1964 « Haïti n'a pas besoin d'un dictateur. Haïti a simplement besoin d'un homme fort». Rien de vraiment méchant ne se lisait sur le profil du fiston président pour expliquer la peur bleue qui régnait autour de lui sinon qu'il était le fils de son père. Un fils de tigre fait peur bon gré mal gré, de toute façon.

Puis vint Aristide qui dénonçait de façon tonitruante ce qui devait être dénoncé pour souhaiter pouvoir améliorer ce qui pouvait encore être amélioré ; mais, il allait être trébuché avec fracas et fauché par la même cabale politique qui avait toujours diffamé puis empêché toutes les bonnes espérances haïtiennes depuis 1804. Préval aussi m'avait également épaté comme il avait épaté tout le monde par sa sagesse remarquable. Le barbu de Marmelade, taciturne à l'excès, par modestie naturelle ou se faisant une renommée de la sorte, a assuré à Haïti l'orgueil d'une nouvelle tradition politique que tous nous souhaitons encline à la postérité, celle de passation de la torche présidentielle et du pouvoir politique sans heurts ni encombres pour à peu près la première fois de notre histoire.

Tout compte fait, ce serait déraisonnable de ma part de prétendre que Martelly est le premier président haïtien à attirer mon attention de façon si particulière. Ce n'est même pas que je ne me range nullement sous aucune bannière, quoique ce soit ma volonté première et ultime d'être impartial en politique. Quelle que soit l'orientation politique choisie, un homme a pour devoir patriotique de dire la vérité de son cœur qui ne porte atteinte à aucune tendance vers l'avancement de son pays. C'est la seule façon de libérer son âme et se faire une conscience nationaliste. Il faut toujours choisir de mettre de côté les critères nuisibles expressément antagoniques à l'épanouissement définitif de l'homme et de la femme haïtiens.

Faire un choix délibérément libertaire et égalitaire comme le réclame notre devise devrait être la logique derrière toute initiative pratiquement intelligente. Cela ne fait pas de moi un caméléon non plus; repu de transparence philosophique, je n'ai simplement pas de couleur en politique, si ce n'est cette lancée libertaire, égalitaire et lumineuse qui émancipe la pensée humaine.

Quant au phénomène Martelly, il a pris la plupart de nous par le collet d'une façon ou d'une autre, dans l'acquiescement ou le reniement. Les particularités propres à son arrivée en trombe comme à dos de cheval, balayant tout sur son passage comme une torpédo sur la scène politique de notre nation, pour la première fois de notre histoire pour quelqu'un avec son style personnel et son orientation professionnelle laissaient la nation entière et une bonne partie du monde éberluées. Son ascendance sur toutes les foules, la plèbe ou la bourgeoisie et même les puritains de nous jours, une ouverture circonstancielle sur la franchise calculée les oblige à oublier Ti Simone un moment ou deux pour pardonner Martelly, lui concéder le bénéfice du doute ou simplement avoir pour Martelly les yeux de ses fanatiques pour Ti Simone. Dès l'arrivée à l'aéroport international Toussaint Louverture de nos jours, l'envie de crier 'Vive la différence' monopolise l'âme devant les petits progrès sensibles réalisés en peu de temps.

Objectivement, son accession au pouvoir prouve à tous qu'il est capable de résultats notoires et son actuelle notoriété dans les grandes annales de la pensée politique haïtienne et universelle cesse d'être une occurrence fortuite. N'est-ce pas qu'il donne à penser aux élites politiques haïtienne et universelle? Quelque part d'autre dans le monde, quelqu'un doit être en train de fourbir ses armes soit pour passer à l'offensive ou rester sur la défensive en vue de confronter un phénomène politique similaire tel qu'initié par bonhomme Martelly. En souvenance d'un épisode similaire, Hollywood avait investi pour la première fois les boulevards politiques de Washington en 1980, et Ronald Reagan, avec ses dons d'acteur, avait brillé de mille feux à la Maison Blanche.

C'est dire que le monde a changé, que les nations du globe ne comptent désormais que sur des valeurs sûres et des intentions pures, sur des individus sagaces plutôt que sur des politiciens rapaces épris de pouvoir pour faire évoluer la chose politique dans un sens moins nuisible à l'expérience humaine. Les préjugés vils et menteurs doivent s'effacer périodiquement pour faire place aux élans magnanimes qui laissent la priorité au bonheur de l'humain. Il faut empêcher des craquelures trop profondes qui seraient capable d'entraîner notre monde vers les extrémités regrettables.

En vertu de sa sagacité, de sa force de persuasion et de son dévouement, Martelly est impayable. Si vrai que la plupart des rois, présidents et dignitaires qui le reçoivent de nos jours et qui lui prêtent leurs oreilles et leurs cœurs à défaut de leur conscience, savent pertinemment qu'à un certain moment de la durée il regorgeait les night clubs d'extravagances, de Ti Simone et de « Tout se Martelly ». On peut bien les imaginer, relation publique oblige, contraints de regarder un vidéo de Martelly pour savoir qui ils vont rencontrer, pour rire et peut-être envier la bonhomie toute contagieuse du musicien grotesque mais débonnaire converti en volontaire pour la redirection de la conscience collective haïtienne.

Aussi, ils sont également sensibles à ses offres et à sa vision, et qu'il aide leurs propres pensées politique et économique à être moins stagnantes. Dans leur logique, un extravagant avec une vision et une stratégie doublé d'une équipe compétente vaut bien dix millions de diplômés. Ils se sont, eux, imprégnés du précepte scientifique que pour faire les choses autrement il faut voir les choses autrement. L'agenda national en perspective montre que Martelly rencontre bien la logique Dessaliniste, celle Estimiste, celle Duvaliériste et celle Aristidiste eu égard à leur vision pour la masse travailleuse, pour les bidonvilles et pour l'arrière-pays haïtiens. Le musicien-bambocheur donne la main de solidarité patriotique à l'homme de Cormier, au docteur soignant de pian et au prêtre de la paroisse Saint-Jean Bosco pour crier la paix dans le cœur, la santé pour tous, la paix dans le ventre, l'éducation pour tous les enfants, par conséquent la paix de l'esprit sous l'égide d'un Dieu Tout-Puissant.

Martelly n'est assurément pas le premier à briguer le pouvoir dans l'intention de réorganiser sa gestion, mais la différence de sa pensée politique, affublée d'actions concrètes à une époque de grand besoin de son discours et de sa fougue, fait la différence qui doit vaincre cette indifférence qui nous a vaincus pendant si longtemps.

Apparemment, son engouement patriotique à vouloir sauver Haïti des griffes de l'anonymat pour embrasser un certain universalisme qui nous mettrait d'emblée au diapason avec tous les rêves humains en ce temps de globalisation économique fait écho. Il semblait avoir rencontré tout au moins la logique de Jean-Claude Bajeux et de son fameux Les Retardataires

«Serons-nous toujours les parias des humains
En queue de colonne à perdre la piste des pèlerins.
À la table de famille toujours en retard
Réduits à chasser les miettes qui tombent au parquet
Le train est parti et il ne reste plus qu'à courir après
La fête est finie et il faut entrer à la maison
Sur les chemins, nous avons flâné, la porte est fermée
La cité sans nous se construit et nous voici requis
Pour amuser les satisfaits et faire pleurer les nantis
Exhiber nos muscles et nos tristes mélopées
Le blanc des yeux et nos voix râpées
Tout le jour nous n'avons rien fait, la nuit est notre destin ».

Ce cri de Bajeux, semble-t-il, avait sensibilisé l'ancien chanteur tout comme son zèle patriotique laisse présumer qu'il a peut-être consulté Bentham et Mill pour reproduire leur philosophie utilitaire de façon si fidèle, lui qu'on croirait immoral et déficient en d'érudition jusque dans les viscères. Son engouement, je disais, paraissait conséquemment contagieux et était transféré chez les sympathisants au sort d'Haïti et même chez ses antagonistes. Sa prise de conscience exaspérée nous rappelle bien le bon discours nationaliste de Dessalines, de Pétion, d'Estimé, de Duvalier et d'Aristide chez nous et celui de Robespierre, de Lincoln, de Mustapha Kemal, de Fidel Castro et de Nelson Mandela chez les autres, tous des hommes en colère contre la géante commotion que la civilisation humaine était devenue en des époques précises de l'histoire de l'humanité. Sa fougue patriotique en période de campagne, son discours hautement engagé symbolisait toute l'aspiration d'un pays désabusé, usé et abusé. Ainsi, pour la majorité des votants qui l'avaient convoqué au suffrage universel, il représentait bien la meilleure des deux alternatives finales dans la course vers le fauteuil présidentiel.

Martelly, L'homme

Son authenticité auto-infligée de chanteur-
arlequin en tout premier lieu, puis nos multiples tabous
et préjugés font variablement, de celui qui fut devenu le
4 avril 2011 le 56ième président de notre nation, un
plaisantin, un burlesque, un fantasque. Quoiqu'il soit en
train de devenir de par sa performance sur le harnais
présidentiel, un homme pourtant très chevaleresque, un
des géants de notre nouveau projet de société, l'un des
serviteurs actuels des plus zélés et des plus efficaces de
notre nation. Mais les salissures d'avant demeurent
revêches encore à se laisser faner. En tout cas, le
nouveau courtier principal de la nation fait merveille de
sa fougue qui ne diminue même d'un iota au timon de
nos affaires politiques.

Plaisantin, on le dit variable dans ses décisions,
non-préparé pour la fonction et qu'il allait faire un
souffre-douleur de lui-même au milieu de politiciens
astucieux et d'intellectuels à érudition vertigineuse. On
l'accuse de trop de superficialité et de volubilité dans ses
dérisions coutumières pour prétendre à un quelconque
succès en politique. Cependant, est-il réellement piètre
au sein de ses conneries fidèlement reportées par la
presse solidaire ou celle antagonique?

Pour modifier sa stratégie et se mettre à l'abri
d'erreurs et d'éventuels torts à la nation, comme il l'a
prévu et promis durant sa campagne électorale, il meuble
son entourage de têtes professionnelles bien faites plutôt
que de meilleurs amis. Dans cette perspective précise, il
y a lieu de réitérer qu'il y a peu de personnes comme lui
à pouvoir mélanger le vulgaire au sérieux de façon

remarquable.

On le dit faucon, vaporeux et volatile assurément en référence à ses fugaces yeux ronds cuits par un sommeil contracté sans doute dans ses chevauchées incessantes de musicien professionnel pour se faire une petite richesse économique et une notoriété politique incontestable. Ses coups d'œil subreptices, pénétrants et scrutateurs au besoin joints à son allure effrontée rappellent ceux d'un chacal intrépide. S'il décidait que la gloire d'Haïti ne pouvait plus être remise à demain, que le premier nègre libre du monde devait en avoir assez d'endurer toutes les souffrances possibles et inimaginables jusqu'avoir à consommer la terre cuite pour survivre au pays de l'eau, du soleil, de fruits de mer et de vivres alimentaires en abondance, chacal il serait permis d'être, et avec raison parce qu'Haïti doit survivre, peut-être dans la pauvreté, mais dans la dignité.

On le dit aussi grotesque. Délibérément, il l'était de par son attitude, de par ses propos volontairement souillés sur le podium musical pour enivrer la piste de danse et ses fans massés devant lui, suspendus à ses lèvres, chantant avec lui des refrains désapprouvés par des oreilles même des moins chastes. Immanquablement, ses postures qui n'ont pas nécessairement fait l'unanimité et qui assurément sont loin d'être celles d'un gentilhomme-amuseur montrent bien qu'il a été grotesque sans pourtant s'en foutre au point d'en faire un dilemme personnel. Il n'en a jamais exprimé aucun regret. Il s'en prend comme 'Un chanteur engagé devait faire ce qu'un chanteur engagé devait faire »

Tout ce qu'on lui a reproché, parce que, dans l'ensemble, mal vu et sévèrement condamné par ses rivaux, a néanmoins assuré sa renommée dans les domaines musical et politique. À ces attributs susmentionnés, pas mal d'autres se sont ajoutés entre-temps, tels que mégalomanie et déséquilibre mental. Il serait aussi paranoïaque et mentalement désaxé.

Tous ces qualificatifs, véritables et démontrables pour la plupart, d'autres inventés par malice, dans l'intention de meurtre de caractère, avaient accueilli l'homme et son avènement à la célébrité politique Haïtienne. Les témoins de ses refrains démesurément douteux et surprenants ajoutés à ses prouesses physiques de chef d'orchestre inhabituel, qui ne se révélaient pas forcément celles d'un noble, se sont diversement exprimés face à sa turbulente percée politique intempestive. Il était jugé inapproprié et ironique.

En fin de compte, le débarquement de Martelly dans l'arène politique s'était converti en un baptême de feu; et, conséquemment, l'encre et la salive furent coulées à profusion pour souhaiter la bienvenue à cette nouvelle équivoque en sa nature même. Une désolation, qui n'avait qu'une définition, accueillait sa victoire aux urnes: Michel Joseph Martelly, l'enfant terrible de la scène musicale est devenu, contre certaines attentes, le président de tous les haïtiens sans distinction.

Martelly éprouvait la réticence et l'accueil froid faits à sa victoire par certaines catégories en montrant un sentiment mitigé fait de résolution et de certitude en de lendemains meilleurs. Galvanisé il ne donnait nullement l'impression qu'il allait se laisser accabler par les désapprobations muettes ou bruyamment exprimées. Avec la chaleur contagieuse qu'on lui connaît et cette bonhomie qui lâche difficilement prise, il dédiait cette victoire au peuple haïtien en termes élogieux leur renouvelant la promesse formelle de tenir parole et qu'il allait rester le même en dépit des critiques et certitudes contraires.

Ainsi, Martelly aurait été trop plaisantin, trop grotesque et trop fantasque pour aspirer à être un président sérieux. Pour d'autres, il ne possédait pas et ne serait jamais en possession des moyens de ses ambitions grandioses. Cependant, cette hargne critiquant ne faisait pas tout à fait l'unanimité. Une poignée de réticents contre cette exaspération commandée, moi y inclus - appelez-nous partiaux ou idéalistes - prendraient volontiers la chance de lui concéder l'épithète chevaleresque.

Inférons que toute cette panoplie de descriptions ronflantes et ces hérissements incompréhensibles sur les âmes des scandalisés de tout poil et de tout acabit sonnaient comme fausse alerte, forte exagération, et qu'un brin de bonne volonté ferait pressentir une couche de noblesse sous la peau rugueuse du chanteur et que dans ce chacal politique dort un pacifiste patriotique. Nous pourrions même avoir présagé que cette poule possédait bien la potentialité de pondre un œuf en or.

Il semblerait néanmoins qu'il a soigné sa personnalité à plaire au moins à une poignée de sympathisants, convaincus qu'il n'abandonnerait pas son électorat en pleine bataille et qu'il ne laisserait pas ses partisans sans le pain promis en période de campagne.

Ce qu'on dit de Martelly

Enumérer les faiblesses attribuées à Martelly nécessiterait un compte rendu beaucoup plus exhaustif, un travail colossal et un temps que cette courte investigation ne peut pas prétendre pouvoir accommoder. Par conséquent, il est de toute logique qu'un tri doit être fait pour déblayer l'essentiel de toute cette panoplie d'opinions contradictoires, de prétextes à diversion et d'antagonismes, certains compréhensibles, la plupart répréhensibles eu égard à ce qui les a provoqués et les provoque encore.

Un article publié sous la plume de Fanfan la Tulipe mettant en exergue les opinions du congénère Polycarpe de Radio Kiskeya est un exemple typique et sûr. L'accent doit être mis une autre fois sur ma bonne foi dans la narration des agissements et la formulation de jugements à l'égard de Martelly. L'essentiel de mon évaluation n'est nullement une apologie, mais une profession de foi. Dans ma logique, quelqu'un devait nous retirer de cette impasse politique au moment où un peuple politiquement confus et socialement déboussolé se préparait à emprunter une autre fois la route vers la démocratie par le vote. Les fantômes de l'élection de Novembre 1987 surgissaient des cendres froides de cette ci-devant mortelle expérience démocratique.

Condescendre ne veut pas toujours dire proférer une apologie partiale, mais une visant à l'amélioration des tendances collectives. Il nous faut encore apprendre à laisser tomber cette conception tiers-mondiste qui consiste à renier les démonstrations tendancielles de ceux-là qui ne renient pas ou n'acquiescent pas à la légère ni à tout bout de champ en politique. Notre volonté d'arriver à un état de droit devrait exiger de nous un dialogue national ouvert et dans le respect.

Avoir une opinion favorable d'un homme ou un régime n'est pas le défendre, mais lui donner sa chance, ajouter foi à ses promesses, lui accorder le bénéfice du doute, détendre l'atmosphère le rendant moins morose, faire fi des diversions dogmatiques sans fin, faire confiance même quand faire confiance n'est pas l'option absolue, mais parce que rien ne se fait sans un certain degré de confiance. Nous laissons, en vertu de nos réactions, l'impression que certains de nous voudront la rétention de la règle de l'exil après le pouvoir en guise de détente. Nous supportons le meurtre physique et de caractère des partisans d'un régime déchu en accusant faussement et à tout bout de champ. Nous proclamons le changement, mais nous cautionnons l'ancien ordre que nous exécrons par pensées et peut-être par actions. Chacun est libre d'avoir son opinion personnelle, et chacun doit exprimer son opinion personnelle sans malice pour qu'Haïti avance ver son développement irréversible.

De grands vents forts avaient soufflé sur nous pour tenter de balayer le malheur chronique qui nous a toujours accablés depuis notre avènement en tant que peuple, mais en vain. Des heures avaient sonné, des hommes étaient venus, seulement pour enrichir l'Achéron politique et empirer davantage la déjà criante disproportion nationale. Vint Martelly pour proposer un nouveau Contrat Social. Son avènement offense la culture sociopolitique puisque pour la première fois le paysan haïtien s'était vu directement en épitaphe, Repons Peyzan au centre du débat politique haïtien. Cela ne pouvait qu'intriguer.

Repons Peyzan représentait une gifle insupportable pour une certaine tendance à un conservatisme au rabais. Un peu plus qu'un quart de siècle plus tôt, la réforme de l'éducation prônée par l'Unesco et Le Ministère de l'Education Nationale de Joseph. C. Bernard avait fait tache d'encre. Une dame a déclaré que si l'enseignement du créole prenait pied qu'est-ce qui désormais ferait la différence entre nos fils et ceux des paysans.

Michel Martelly est venu et a prôné tacitement que si la différence devait exister entre nous, elle devrait déchiffrer une nouvelle philosophie de l'Homme haïtien et résider dans nos choix personnels et superficiels plutôt qu'aux dépens de l'imaginaire haïtien ou au détriment de la formation générale de l'homme haïtien et de la femme haïtienne. Elle ne peut et ne doit être désormais aucune guerre d'idéologies politiques réfractaires aux vœux des fils d'une même nation, ni ne doit faire les frais d'aucune insurrection insipide des mentalités affolées par le mal du pouvoir politique. Cette différence, quant à la vision politique de Martelly, ne peut pas non plus signifier Haïti sans les Haïtiens, mais rendre tout le monde confortable au sein d'Haïti.

Peut-on aimer Haïti sans les Haïtiens ? Peut-on aimer les Haïtiens sans aimer la culture haïtienne ? Comment ferait-on pour aimer la culture Haïtienne sans son charmant vernaculaire qui embellit son expression poétique ? Peut-on jamais envisager nos exaltations culturelles sans le paysan haïtien, son principal colporteur?

Pourquoi, en guise de leur faire grief sur leurs nombreuses carences, ne pas les former par une éducation adéquate et faire d'eux des ambassadeurs encore plus authentiques à travers la langue quotidienne tout en leur enseignant d'autres langues. S'ils avaient pu apprendre le français, l'anglais, l'espagnol, le grec et le latin pourquoi pas le créole.

Martelly a ajouté un peu de fiel sur sa verve qui se veut sincère et d'élan patriotique pour nous l'enseigner. Il comprend mieux que la plupart de nous-autres les valeurs intrinsèques des communautés provinciales et rurales, et il se fait leur apôtre. Quel haut degré de magnanimité, appelez-le solliciteur d'opportunité politique, mais la vie est faite de recherche d'opportunité. C'est la façon de quérir, et ce qu'on entend partager avec les autres qui font une différence notoire.

Notre congénère Polycarpe, médecin de l'âme ou directeur de conscience, a fait mention, selon un article publié sur touthaiti.com sous la plume de Fanfan La Tulipe, d'une certaine dangerosité de l'état mental de Martelly qu'il considère être atteint de « mégalomanie ». En d'autres circonstances, si Polycarpe n'avait pas une bonne raison d'avoir une opinion pareille, le président pour lui aurait plutôt de la classe, il aurait conscience de son importance de président. Exactement comme on aime les gens comme Martelly chez nous, et comme on les apprécie. On les préfère riches, prétentieux et arrogants, conformément à la définition de mégalomanie.

Le résultat de cette tendance est que certains individus arborent un titre dérobé, se décampent de leur origine à grandes enjambées et veulent se faire passer pour ce qu'ils ne sont pas et n'ont jamais été. L'homme humble est ordinaire, il est trop prolétaire et vomi du lumpenprolétariat pour être pris au sérieux. Il n'affiche pas ces comportements corrects et ces fausses prétentions que la société espère. Ainsi, on doit toujours s'efforcer à garder la posture redressée même en piétinant les autres.

D'un autre côté, en quoi est-il mauvais d'être bonhomme? Alors, pourquoi reprocher à Martelly ce qu'on aime même en secret chez les autres, la mégalomanie par exemple, la bonhommie par-dessus tout. Ce dualisme outré dans nos sentiments a toujours été fatal pour Haïti et pour nous autres haïtiens.

La mégalomanie implique aussi la méfiance. Comment reprocher à un homme, un président d'Haïti d'être trop méfiant quand le malheur est toujours présent et fait partie des risques du métier. François Duvalier l'avait compris et avait vivoté au sein d'une existence cachée comme les oiseaux se cachent pour mourir. La bible ne l'enseigne-t-elle pas en ces termes, malheur à l'homme qui se confie en l'homme. Un homme qui est toujours au milieu de la foule doit s'abstenir au moins de n'être moins méfiant donc moins mégalomane qu'un autre. Doit-il choisir ses amis avec soin? Dans toutes les circonstances, être méfiant serait son droit et aussi son devoir le plus entier.

Néanmoins, Martelly ne se comporte pas en mégalomane pour toutes les mauvaises raisons du monde, pas quand il nous aide souvent à nous débarrasser de nos détritus. À ce titre, il est moins fier et moins mégalomane que n'importe quel autre président du passé. Serait-il angoissé et anxieux dans sa prétendue mégalomanie? Il n'en laisse pas l'impression; n'a-t-il pas invité les anciens présidents à se rallier à lui pour une cause toute nationale?

Quand Duvalier avait exigé les sacrifices de la nation, austérité économique l'appelait-on, pour que l'étranger n'eût pas à nous allonger la main et s'immiscer dans nos affaires, de petit médecin des mornes, il devint sur coup le dictateur nasillard et sa connaissance approfondie de nos pratiques culturelles et ethnographiques faisait de lui un oungan costumé. Quand Aristide avait sommé nos hommes de lois de voter un salaire moins scandaleux à un président d'Haïti, eu égard à la misère extrême qui sévissait, on le traitait de gros souliers, de fils de parents pauvres, petit-prêtre de bidonvilles élevé dans la misère qui ne sait que faire avec l'argent. Maintenant, Martelly se met à la hauteur de sa fonction et jouit des émoluments obligés à un président, il est mégalomane et veut faire de la présidence une fonction juteuse.

Aristide, pour dénouer les ficelles dangereuses de la disproportion sociale, a voulu faire comprendre que ce n'est pas que l'haïtien hait l'haïtien, c'est plutôt la situation socioéconomique telle qu'elle a toujours été et telle qu'elle est aujourd'hui qui prédispose un haïtien à vouloir se démarquer de l'autre haïtien. Il voulut dire par-là pour que cette mentalité changeât on devrait pouvoir diminuer la disproportion criante par le passage sans délai imparti de la misère à la pauvreté dans la dignité, philosophie qu'il a prodiguée au péril de sa vie et qui lui a valu néanmoins la perte de sa présidence. Dans nos relations sociales, l'anicroche n'est pas toujours la peau de l'autre, c'est souvent sa situation socioéconomique tout comme toute harmonie avec soi-même exige une bonne conscience morale.

Aristide aussi était vu comme mégalomane, paranoïaque et anxieux, si l'on se rappelle bien tout comme l'avait été Jean-Claude Duvalier qui paraissait souvent grave et souriait à peine en public. Celles-là se révèlent toutes des évaluations fantaisistes? De toute façon, certains jugements, quand proférés avec acharnement ou sans aucun niveau de résolution réfléchie, ressemblent plutôt à des mièvreries de grands enfants ou au règlement de compte personnel.

En outre, pour notre congénère, le président serait aussi à idées fixes. En quoi est-il reprochable d'être à idées fixes? Ce serait de préférence une raison de louange, excepté que si ses idées fixes porteraient atteinte au programme national. Autrement, il serait branlant, inconsistant, et il n'inspirerait pas confiance. De toute façon, si ses idées fixes l'aidaient à accoucher les petits pas que j'ai vus tout récemment durant mon dernier périple en Haïti, qu'il garde ses idées fixes à jamais pour que nos petits enfants aient demain en héritage un pays qu'on respecte. Si ce n'était pas la résidence de l'homme riche, ses idées fixes nous procureraient tout au moins la mansarde de l'homme libre.

Et quant à son « jusqu'à ce jour, la perception qu'on a généralement de Martelly est celle d'un drôle, drôle, il ne le cache pas», notre congénère manque d'élaborer son jugement et ne nous apprend rien de nouveau. Il n'y a rien ici que Martelly personnellement n'a jamais renié et dont il en fait l'éloge. N'a-t-il pas déclaré qu'il 'transpirait la musique, cette musique chaude comme le soleil d'Haïti' et plus loin que 'le style fait partie du caractère de la personne'. Il voulait dire tout simplement que cette jovialité, cette façon de galvaniser le public, son cri de répugnance face à l'hypocrisie sociale et politique était volontairement révolutionnaire et qu'il utilisait l'arme disponible, 'microphone et orgue'. À cela, il rejoint Lord Byron dans sa description d'une plume comme: 'L'instrument puissant des petits hommes'.

À la plume de l'écrivain, l'artiste-musicien Martelly a substitué le micro et l'orgue pour écrire le plus beau chapitre de notre histoire après celui de 1804. Un artiste chanteur des plus dépravés d'accéder à la présidence à la barbe des tout-puissants de chez nous et d'ailleurs a un flair d'un accomplissement prodigieux, si non mystérieux et curieux. Martelly se doit de faire de son mieux pour vraiment écrire non seulement la plus belle page de sa vie, mais aussi l'une des plus belles pages de notre histoire. Il s'est fait récompenser tout en honorant ses confrères d'une des plus décisives facettes de l'imaginaire haïtien, la musique. Ne pas le reconnaître, c'est méconnaître la contribution et l'importance sociale de ceux-là qui ont toujours bercé nos illusions nationales et nous ont fait danser pour rien. Et c'est à l'instar d'un penseur engagé, plus qu'un simple chanteur, qu'il lamenta :

'Ces dernières années, nous avons assisté le cœur gros à la déstructuration de notre système social et économique. Nous avons perdu le sens des valeurs d'amour, de partage, de charité, de pardon, de solidarité ; ils font partie d'un passé lointain. Je m'identifie à cette souffrance populaire'.

Qui a jamais dit mieux? On reconnait chez lui, dans l'admirable courroux déduit de cette déclaration, un politicien de grand calibre tel qu'Anténor Firmin, Estimé, Duvalier ou Aristide.

Et voici une autre perle de Polycarpe, le clou de la discussion «Et là où l'immaturité du président s'est montrée criante c'est qu'il se soit changé à l'aéroport, qu'il ait enfilé des bottes pour se mettre à la tête d'une bande de rara et déambuler sur ses deux vitiello, jusqu'au palais national. Histoire de donner une réplique à une manif survenue la veille». Cette façon bizarre d'évaluer la légitimité d'un acte politique correct dans sa substance est en elle-même criante. L'un des présidents des plus charismatiques de notre histoire serait immature à cause d'un bain de foule ou peut-être qu'il devait être encore costumé et la critique aurait été formulée autrement. Il serait vite un président arriviste, sans égard pour le protocole vestimentaire dansant le rara en costume, pourquoi pas l'Orchestre Philarmonique de Sainte-Trinité. Vraiment, à propos d'un individu qui se veut généreux dans ses devoirs, on aura tout entendu.

Polycarpe a vite oublié que Martelly faisait rêver et craquer les foules de ses refrains, partout où il passait, que ce fut au pays ou à l'étranger, et assurément le confrère lui-même en a eu son compte de rires et de danses folles sous la roulette de Sweet Micky. Le président doit avoir la foule dans le sang à ce stade de ses performances de musicien et de président. Son action était davantage philosophique et rehaussant que Polycarpe l'a décelée ironique et abaissant. Par conséquent, marcher au milieu de la foule de l'aéroport au palais n'était qu'une simple formalité, une session d'exercice pour se sentir bien dans sa peau comme Martelly lui-même a expliqué. Pour raison de santé, santé politique et bonne condition physique qu'il voulait ironiquement insinuer.

Néanmoins, le grand gaillard musical de qui congénère Polycarpe fait un 'énergumène' se fraie gaiement un chemin vers la célébrité historique à travers les broussailles touffues de la politique de chez nous comme un géant. Polycarpe pense que le président est encore 'immature et immoral', espérons encore un peu jusqu'à la fin de son mandat, puisqu'au jour où il atteindra sa maturité et sa moralité entières, Haïti sera bien un joyau de pays et redeviendra La Perle des Antilles tant que, malgré son immaturité, il semble toucher toutes les cordes sensibles aux espérances Haïtiennes.

Mais quelle a été la vraie raison derrière cet énervement notoire, de cet acharnement presque viscéral, principalement, de la part des têtes infatuées, des bras musclés et des bourses bien pleines de la société haïtienne? La simple vérité avait demeuré lors et demeure encore que : la classe politique haïtienne et nos élites intellectuelles et économiques avaient fait fiasco de façon très reprochable de 1986 à 2011 et que l'heure des règlements de compte historique était arrivée. L'électorat, abusé et malaimé mais politiquement averti, toujours invité au suffrage pour être exploité, devait rendre la monnaie de sa pièce à la classe politique plus absurde que méchante, aussi intrigante qu'exclusive.

C'est ce qui d'ailleurs a valu cette évaluation personnelle de Martelly quant à la nécessité historique de sa présence sur la scène politique à l'endroit de Mirlande

Manigat au cours de leur premier débat présidentiel 'si aujourd'hui je suis candidat, ce n'est pas ma faute, mais la vôtre'. Il voulait symboliquement dire par la faute à la malversation politique chronique des magnats de la politique Haïtienne qui avait fini par décourager puis écœurer l'électorat qui avait gagné un peu plus de maturité politique. Martelly signifiait que la participation au scrutin universel était devenue bien un fait vénal et banal, l'amour du pays s'effritait et les sentiments patriotiques se dissipaient au gré de la dégradation du pays haïtien et de la déshumanisation de son peuple.

Certains des reproches de Martelly contre l'establishment politique Haïtien étaient volontairement mais bénévolement cinglants. Il s'en était servi d'armes de combat pour accabler ses adversaires et les laisser sans capacité de formuler des réponses convaincantes et bien articulées. Il avait, de façon méritoire et émérite, fait choix de se servir de ce qui était à sa disposition, musique et atouts personnels, comme chevaux de bataille en vue de conquérir les cœurs et éventuellement saisir par le pouvoir d'un vote les rênes du pouvoir politique du pays haïtien. Ses conseillers avaient fait un travail de maîtres pour l'avoir avisé dans ce sens et avoir accepté qu'il obtiendrait la victoire à sa façon.

Port-au-prince a assisté à une performance sur vidéo de l'artiste-Martelly à la Télé pour la première fois en 1988 chantant et dansant ses charmes au milieu d'une bonne douzaine de donzelles au sommet de leur beauté, de leur jeunesse et de leur fraîcheur. Le don-juan captivait, hypnotisait les téléspectateurs agréablement en délire, les rendait impuissants à résister à la célébrité qui allait tomber sur eux. Il délivrait cette élucubration fantaisiste jusqu'au fond de la vie privée de ses futurs adversaires politiques, livraison à domicile, faisant des fanatiques innombrables dans le rang des progénitures de ses lointains opposants au suffrage universel. Au sein de ces moments de jubilation musicale, il était pour Haïti ce qu'Elvis Presley était et ce que plus tard Michael Jackson allait être pour les Etats-Unis d'Amérique, ce que Johnny Halliday était pour la France et ce que les Beatles étaient pour l'Angleterre, une coqueluche, un monument musical aux yeux de la jeunesse, une entrée en scène phénoménale qui conquit l'industrie du spectacle haïtien.

Néanmoins, il a pris soin de parvenir là où aucun de ses homologues musiciens haïtiens jusqu'au plus réputé n'est jamais parvenu, au timon des affaires politiques de leur nation. Lui, il investissait à meilleur escient le champ de la musique, campagne combien osée, ou était-ce simplement le temps et le climat sociopolitique qui lui étaient favorables au ravissement des cœurs et un quart de siècle plus tard à l'appropriation de la scène politique haïtienne sous les regards éberlués et les résolutions figées des dinosaures politiques habituels.

On dirait avec justesse qu'à défaut d'être un peintre de l'âme humaine, Michel Martelly devint bien un spécialiste dans l'activation des volontés humaines. Il avait approché la présidence avec impolitesse mais avait courtisé l'électorat haïtien avec élégance, disons mieux avec une goujaterie charmante, un savoir-faire nettement malicieux et étonnant, pendant tout un quart de siècle.

Ce tour de force de sa part était venu au bon moment et est inscrit dans les annales historiques de tous les temps; et par bon moment, l'on voudrait dire au cours d'une fenêtre historique sociopolitiquement néfaste où l'essence haïtienne, vaincue, inquiète, médusée et désabusée, cherchait un subterfuge dans ce qui était agréablement farfelu. On avait besoin d'un peu de souffle nouveau pour raviver les muscles et consciences engourdis par un climat sociopolitique exaspérant et désespérant. L'imaginaire haïtien, revivifié, allait servir de tremplin pour un envol bienfaisant, de soupape de sécurité contre l'alanguissement moral régnant. Un bouc-émissaire s'imposait pour instiller un air nouveau dans l'exubérance blafarde de la jeunesse haïtienne. Une excuse devait être trouvée. Martelly était le bouc-émissaire et avait bien l'excuse, persuader par le biais du bizarre, vaincre par le truchement d'une configuration électorale politiquement inaccoutumée.

Il avait pris prérogative des geignements sourds ou tapageusement articulés d'une jeunesse déçue et handicapée dans son élan, ballottée entre tous les enthousiasmes personnels et toutes les catastrophes sociopolitiques qui suivaient le décampement du Jean-Claudisme éreinté pour lequel il restait encore un reliquat d'affection. Pour noyer ces chimères, la jeunesse d'Haïti réclamait des présences jeunes et fougueuses sur la scène de l'industrie du spectacle pour l'épater jusqu'à l'oubli et la bercer jusqu'à l'oubli de soi en vue d'une submersion complète de leur désillusion dans la bête politique.

Par surcroît, l'environnement social maussade racontait bien haut la déception générale face à une classe politique revancharde et prétentieusement émeutière qui n'avait jamais su comment commencer la relève prétendue voire prendre totalement le contre-pieds de ce qu'elle avait détrôné et propulsé jusque dans les murs de France.

La société haïtienne, les plus jeunes surtout, cherchait donc un détour dans tout motif de rire et de rêver. Tout ce qui ne faisait pas pleurer fut un alibi charmant. Et notre actuel président leur avait offert la recette magique capable de dérider les fronts et donner une raison d'existence aux muscles peauciers. Sweet Micky et son orchestre s'élançaient rageusement à la rescousse sur le harnais musical.

On chantait ou-la-la partout, la tête dans le vent, les yeux fermés. Du charme sur tous les fronts et par tous les moyens était la proposition de Martelly, enchanté de son stratagème, exalté de sa victoire avant la lettre sur le malheur politique. De ce charme-là, il en avait à revendre; et, il l'utilisait à bon escient, pour faire échec à l'establishment politique combien exécré. Ainsi, la jeunesse était prise, pieds et poings liés, conscience gluée; leur raison d'être heureux une autre fois avait un nouveau maître, il s'appelait Michel Joseph Martelly, alias Sweet Micky.

Aussi, d'autres circonstances désastreuses pour la situation politique Haïtienne étaient venues se greffer sur cette tendance à la nonchalance patriotique qui suivait la chute du Jean-Claudisme, chute souhaitée d'abord par des groupuscules amadoués par l'opposition politique, mais publiquement contestée par la suite. L'incapacité des remplaçants au timon des affaires nationales sortis de février 1986 à gérer la débâcle survenue alimentait les rancœurs contre les tombeurs apocryphes de Jean-Claude

Duvalier. De plus, l'arrière-goût amer de l'hécatombe électorale de 1987 avait dépité les esprits et avait apporté le désespoir généralisé à son comble.

Aussi, c'était l'époque où, un petit peu après l'éclipse météorique de la plupart des jeunes étoiles de la musique haïtienne de la diaspora ou de l'intérieur qui avaient brillé de mille feux sur le podium du concours de la American Airlines de 1986, la jeunesse haïtienne, encore pétrifiée de l'écroulement brutal du phénomène Mr. J, saluait avec un empressement sonore l'arrivée de Zin, Alan Cavé saturait les ondes et gavait la nation de « Anye, anye lanmou sa-a ap fèm vole», Emmeline Michel chantait en panache « Lanmou se flan'm ki klere tout nan'm », Sydon Joseph conscientisait encore tant soit peu de son inoubliable « Ayti sou kaban'n lopital an'n bal swen natif-natal», Jean-Michel Daudier de regrettée mémoire pleurnichait encore «Lè'm pa wè solèy-la » longtemps après 7 Février 1986. Ansy et Yole en croupe de la camionnette chantaient toujours: « Nou vle pou peyi'n chanje ».

Michel Martelly faisait, de même, un atterrissage forcé mais un peu en douceur car son succès dépassait sans doute ses attentes et toute attente. Lui et une poignée d'autres allaient devenir des rescapés de ces étoiles écartées pour de bon désormais du firmament musical haïtien après le succès indiscuté du concours de la American Airlines. L'équipe à Ansy Dérose et leur « pou jou ka jou » avait donné une belle réplique à l'Haïtienne absolument impeccable mettant un sourire sur chaque visage avec « lè la libere Ayiti va bèl» de Carole Demesmin, prévoyant ainsi les promesses jugées hasardeuses du candidat prétentieux, Michel Joseph

Martelly.

Sweet Micky monopolisa les ondes des stations de radio et le petit écran, et dans l'eau chaude de ou-la-la, il avait pris la prérogative de bouillir tant de poissons, de tout âge, de tout poil et de tout acabit, et dès lors un début de victoire de cette explosion musicale salvatrice sur la bête politique balourde et ennuyante était bel et bien assuré. À mesurer l'engouement qui recevait cette métamorphose psychosociologique, on eut dit que tous les hommes, jeunes et moins jeunes, voulaient être comme lui et les femmes, jeunes et moins jeunes, être aimées par lui. J'ai été témoin de cette métamorphose sociale découlée de l'ampleur de cette réception de sa musique et de sa présence sur le petit écran, puisque lors, par le hasard des choses, j'ai été un jeune professeur dans certains de ces établissements scolaires fréquentés par la fine fleur de la jeunesse port-au-princienne de l'heure y inclus l'Institut Orphée Noir de Charles-Alexandre Abellard.

Le phénomène Michel Martelly, plus tard Sweet Micky battait son plein. Il était plus populaire en Haïti que Micky Mouse l'est de tout temps aux-Etats-Unis d'Amérique. Tout le monde il était beau, tout le monde il était Gérard Philipe à l'époque où ce dernier incarnait en France Don Rodrique (Le Cid) et Fanfan La Tulipe, Michael Jackson du Thriller ou Paul McCartney ou Johny Halliday en leur temps de gloire. Le tout Port-au-Prince, le tout Haïti s'en raffolait. La gent estudiantine, la jeunesse en entier chantait ou-la-la partout où il y avait oreilles à écouter leur voix écorcher l'air pur de leur cacophonie stridente.

Michel Martelly incendiait les airs et brûlait vif le

tout Port-au-Prince accroché à la queue solide de sa voix chaude de chanteur tropical, de son ton jovial et bon enfant. Chaque jeune fille était une Anaïse, il était le seul Manuel, le commandeur de la rosée musicale qui coulait dru désormais. Il y restait bon gré mal gré, vents et marées, jusqu'au moment où la situation avait dégradé à son pire maximum aidé, bien entendu, par le séisme de 2010, et que la présidence lui faisait signe et envie, ou était-ce la classe politique qui était devenue si irrémédiablement vulnérable ?

En toute évidence, la sagesse politique haïtienne, sagesse née de dégoûts accumulés, fut mûre assez pour accueillir son premier président musicien, un siècle plus tard après la mort d'Occide Jeanty, jusque-là le plus célèbre musicien haïtien.

Conscient de sa popularité interne, il investit la diaspora; et cela allait être le coup de grâce en plein visage à la popularité politique de tous les potentiels candidats haïtiens combinés. New-York, Boston, Chicago, Washington, tombèrent un à un comme des fruits trop mûrs; Florida fut son bastion. Il était partout et partout accueillait favorablement ses performances électrisées. Les Caraïbes et l'Europe ne furent pas épargnées dans sa transe soit de devenir riche ou de conquérir les cœurs pour ce qui éventuellement allait avoir lieu un peu plus tard.

De son vrai nom Michel Joseph Martelly, Sweet Micky est né dans deux familles de bonne référence sociale selon les standards sociaux haïtiens. Noms de famille, aux situations financières plus ou moins stables, à la couleur de peau, à l'endroit de résidence et assurément écoles fréquentées y demeurent encore des paramètres sérieux. Bien qu'il tempêtât à qui voulait l'entendre, pour dérider les fronts de ses supporteurs vraisemblablement, qu'il habitait du côté de Sous-rails, que quand le train déraillait, il y avait de la canne à sucre chez lui pour tout un mois et qu'il jouait au foot dans les rues avec ses amis de la plèbe; mais la pure vérité c'est qu'il évoluait néanmoins dans un minimum de confort relatif, économiquement et socialement. Comme pour tout jeune homme jouissant d'une situation similaire, ses études académiques importaient peu pour lui, comme il devait lui-même le reconnaître plus tard.

Dans tous les pays du monde, se démener pour un bagage intellectuel appréciable ou incontestable est affaire de sans noms et sans fortunes. Pour certains, si la fortune allait faire défaut pour toujours, mais un nom au moins on se le doit et on le doit à ses parents. À moins que le nom en lui-même exonère quelqu'un de la tâche ardue de formation académique et garantit jusqu'au succès scolaire. Cela arrive aussi que les noms ouvrent toutes grandes les barrières de certaines écoles et garnissent les carnets scolaires de bonnes notes avec des mentions ronflantes à l'appui.

Néanmoins, dans le cas de Martelly, il est dit qu'une base de formation académique minimalement adéquate fut bouclée jusqu'au Baccalauréat deuxième partie, puis son admission à deux facultés clés de l'époque fut assurée sans ambition de longévité de la part du bon vivant né dans le cercle où les faveurs économiques et sociales ne se font pas prier et rendent toutes les commodités à portée de mains. De toute façon, on dit et il admet que les sièges de l'Académie Militaire et de l'École de Médecine ont épuisé le fond de ses pantalons pour un bout de temps.

Il raconte de même qu'il a vécu des hauts et des bas économiques pour s'épancher d'héroïsmes personnels peut-être et selon la petite histoire forcée de voir en lui un héros, travaillant presque pour rien en Haïti et suant beaucoup à l'étranger. N'est-ce pas que le vrai héros ne s'affirme que quand face à des difficultés parfois insurmontables. Pour tout le monde il devait être un héros et tout le monde voulait avoir pour le gouverneur de notre nouvelle espérance les yeux de Manuel et effacerait d'un tour de main, sur demande, tous les Gervilin du monde politique haïtien pour lui paver la route vers le succès politique.

En tout cas, l'avion de la réussite a finalement atterri avec lui sur la piste de la musique populaire, quelque peu praticable mais non sans heurts ni chaos. Assurément en quête d'une sécurité économique garantie et d'une célébrité artistique nécessaire pour survivre un peu plus longtemps sur les boulevards du Rhum Barbancourt et du Johny Walker, des restaurants sophistiqués, des voitures rapides ou tout-terrains, de belles donzelles par paquets, et la possibilité de parler aux oreilles des tout-puissants de chez nous. Il n'avait fait ni fausse route ni l'école buissonnière en aucune de ces perspectives précitées.

Il a poursuivi patiemment ce chemin et grâce à l'audiovisuel, il a été catapulté au firmament de la musique Haïtienne, répétons-le au bon moment. C'est par vérité absolue que les technologistes avouent qu'une image vaut mieux que mille mots. Sweet Micky devint d'un coup plus célèbre que Lumane Casimir, que Ti Paris, que Gérard Dupervil, qu'Ansy Dérose, que

Shoubou et que Roger Colas combinés, partageant le devant de la scène du vedettariat musical avec Emmeline Michel et le Zin d'Alan Cavé.

Entre-temps, le débutant à succès de la deuxième moitié des années 80 devint un artiste consommé et toujours consumant les cœurs, amassant richesse économique aidé par le travail assidu et une femme capable de gestion. Il s'était ainsi assuré une renommée à la dimension de ses prouesses corporelles. Ses performances défiaient des lois physiques, morales et spirituelles sur les chars de carnaval, dans des night-clubs minables ou ceux de grand renom, jouant jusque dans les sous-sols des maisons privées de certaines communautés haïtiennes de la diaspora pour se faire un succès incontestable et incontesté.

Il y avait jusqu'à ses obscénités désormais connues nationalement et internationalement, affichées et projetées au besoin et pour l'exigence de la cause antagonique, à l'emmener éventuellement jusqu'au timon des affaires nationales. À l'œuvre et au faîte de sa gloire musicale, il enfourchait le cheval des performances exagérées à tue-tête, au point de suicide moral. On l'aurait dit, en effet, le propre assassin de son caractère, possédé du démon de toutes les démences et du gâchis personnel.

Il était comme atteint d'une hémorragie cérébrale qui désengageait toute pensée saine telle que chez un maniaque de la réussite à n'importe quel prix. Gagner ou mourir moralement semblait avoir été son slogan, son cri de guerre. C'était comme atteint du mal du siècle en matière politique qui mésestimait la logique ou le règlement professionnel. Du chanteur au candidat puis au président, c'était et c'est encore à peu près comme l'homme d'affaires qui veut plaire sa clientèle. Et il était bien le comédien qui agissait de façons désordonnées, le candidat qui voulait convaincre en défiant les principes règlementaires du protocole politique.

Dans sa rage de convaincre son électorat ciblé jusqu'au bord du délire, impossible n'existait pas. Et le président aujourd'hui monte à l'assaut de la reconstruction générale d'Haïti avec un discours aussi arrogant et aussi galvanisant, que 'L'arbre de la liberté des noirs repoussera par ses racines parce qu'elles sont profondes et nombreuses ' de Toussaint Louverture ; que 'Je ferai tout sauter si les français pénètrent dans ce fort' de Jean-Jacques Dessalines ; que 'Je rendrai la ville du Cap que lorsqu'elle sera réduite en cendres et même sur ces cendres je combattrai encore' de Henri Christophe. Tous ces beaux propos d'autrefois autrement reproduits et transportés au domaine des desiderata de l'haïtien moderne pour le galvaniser, pour le chauffer à blanc.

Michel Martelly avait fait corps avec le nouveau rêve haïtien et armé de son corps et de sa voix avait fait autant que, avant lui, tous nos bâtisseurs d'Empire, Estimé avec sa sagesse politique et sa vision d'une meilleure Haïti, ce que François Duvalier avait fait de sa profession de médecin et de ses dons d'écrivain et ce que Jean-Bertrand Aristide avait fait avec la prêtrise et avec ses mots incandescents sur l'autel de Saint-Jean Bosco. En tout cas, ce que Mirlande Manigat ne pouvait absolument pas avec sa belle-tête et par sa brillance intellectuelle en cette période difficile de déficit de pensée et de désintégration généralisée, Michel Martelly l'a fait avec ses hanches et sa gorge et a catapulté la plèbe tout comme la jeunesse scolaire aux anges de ses performances qui défiaient toute logique pointilleuse.

Par-dessus-tout, ce qui faisait la différence chez lui, c'était d'avoir pris l'initiative risquée mais bien calculée de chanter tout haut ce que le reste du monde musical haïtien fredonnait seulement tout bas. Il avait de la poigne et du cran. Il était l'homme à qui livrer son âme, sa conscience et pourquoi pas son corps. Le monde n'avait jamais répondu autrement à ces appels sonores et étincelants, dans n'importe quel ordre qu'ils viennent.

À suivre la performance et la réussite de l'artiste, c'est le cas de dire que dans certaines circonstances, de deux choix vers le succès, l'Homme doit opter pour le plus vraisemblable ou le plus invraisemblable quoique l'on dise, et que le meilleur de tous les choix est celui qui mène vers la réussite convoitée. L'artiste Sweet Micky avait reconnu ses limites et ses possibilités et avait fait de cette connaissance un cheval de bataille efficient pour Michel Joseph Martelly. Ses points faibles gauchement exploités par ses antagonistes pour le critiquer et espérer l'envoyer au tapis, il s'en était servi adroitement au contraire et leur avait fait mordre la poussière.

Puis, comme un amoureux emploie des subterfuges adroits pour mériter la tendresse d'une femme, Martelly ralliait les humbles à sa cause pour s'être identifié avec eux, ayant épousé les contours de leur dilemme quotidien allant jusqu'à se faire passer volontiers pour un tout petit peu moins analphabète qu'eux. 'Je ne sais rien, je n'ai pas de diplômes, c'est grâce à la musique que j'ai pu occuper ma femme et mes enfants' il aimait dire et l'assistance gloussait de contentement, comme apprivoisée et se trouvait aux anges par ces réclamations. Il chantait les louanges des multitudes qui ont fait ses richesses économiques et qui feraient éventuellement de lui le premier musicien professionnel président d'Haïti et peut-être du monde.

Cela, Bob Marley ou Johny Halliday, ou Paul McCartney ou Elvis Presley ou Michael Jackson ou Willie Nelson ne le pourrait pas s'il le voulait. Ses manquements l'avaient admirablement servi et étaient devenus la vertu la plus solide quant à sa réussite. Au sein de sa marche vers le pouvoir, il ne s'était pas laissé asphyxier par aucune prétention de supériorité sur les autres, ni par aucune rectitude morale commandée.

On garde encore et avec raison la ferme impression que Martelly s'était dédié à assurer ses succès artistique et économique tout en mettant le cap sur la politique avec les moyens du bord, sa musique et ses charmes personnels même en s'appuyant sur les rebords fragiles des inconsistances humaines, risquant même sa chute éventuelle dans le précipice moral d'où l'on ne remonte jamais. Pour certaines personnes, prendre sa chance est la seule science qu'il convient d'apprendre, Michel Martelly est de ces types-là. En surdoué du hasard de ce triomphe personnel qui se veut encore collectif malgré la lenteur avec laquelle ses promesses envers Haïti se concrétisent, il triomphe des tabous persistants qui nous ont toujours acculés.

Néanmoins, aussi longtemps que la fougue ne meurt pas, la réussite est assurée. La victoire est souvent dans la lutte même. Le procédé par lequel la lutte est menée est la plupart des fois sans importance. On n'a pas non plus à être coiffé du rameau ou gagner la médaille d'or pour un prétexte de réussite. Michel Martelly a réussi là où plus d'un auraient échoué. Était-il né coiffé ou est-il fait de l'étoffe qui fait les triomphateurs peu importe les circonstances et les moyens? Qui sait?

L'artiste grotesque

De l'artiste Martelly, on aura tout dit. Certaines de ces critiques fielleuses envers lui, la plupart motivées par son comportement témérairement jovial, auront été justifiées, mais d'autres demeurent encore et resteront injustes aussi longtemps, selon une logique compréhensible, que l'artiste, l'amuseur, le vendeur de bonheur est espéré affubler un comportement moins équivoque, ce pour pouvoir ainsi porter les souliers présidentiels avec beaucoup plus d'élégance. Entre l'artiste et l'homme, il y a l'univers et ses penchants. Puis, il y a la destinée et les circonstances qui façonnent leurs vœux et selon leurs mesures pour établir la démarcation nécessaire sans laquelle l'artiste est moins artiste qu'il devrait être.

Un clown n'est pas forcément un clown dans sa vie privée, et l'histoire de l'imaginaire universel et de l'industrie du spectacle pullule d'exemples convaincants. On n'a parfois qu'à se rendre à l'évidence que la même enveloppe cache à la fois un homme et un artiste, et ces deux entités ne fonctionnent pas de la même façon. Quelle entité programmée qu'est cet ensemble!

Les amuseurs de tout ordre et de tout acabit ne l'ont pas toujours eu au petit bonheur. Ils devaient avoir été des travestis pour se faire un nom et une fortune ou peut-être même un malheur ; n'est-ce pas que le devenir de plus d'un de nos artistes a mal tourné. Le talent à lui seul ne pouvant pas toujours leur assurer la célébrité convoitée, le beurre pour le pain quotidien ou les épices pour rendre le bol de soupe moins sans saveur, ils devaient être des excessivement drôles et des maniaques de déguisements pour donner cette fausse impression d'eux-mêmes, cette métamorphose spectaculaire que le monde projette comme vraie et comme authentique de leur part pour être totalement jubilatoires.

Personnellement j'ai toujours été fasciné par cette manière de faire des autres pour retenir l'attention et se mettre à la page de façon inaccoutumée; il prend du cran, du temps et du talent. Enfant à Jacmel en période carnavalesque, j'ai vu de jeunes hommes de toutes les couches sociales, amuseurs-amateurs, se changer en mascarades drôlement spectaculaires pour faire plaisir ou se faire plaisir sans vouloir ou sans savoir se faire payer en espèces. J'ai vu l'enseignant de carrière Chouchou Berrouet (la défroquée en noir de soie), Roger Zenny(buvant sa bière dans un pot de chambre), le tandem Loly Cadet/Fourel Célestin(les mariés), Phillipe Zéphirin transpercé chaque saison de carnaval par une machette ensanglantée, Harry Baptiste/Francis Etienne(les zombis), Jean-Simon s'affublaient de soie multicolore, des Michelet Pierre-Louis(le juif errant), Dieujuste, Ti Roro, Emilien Toussaint, plus tard Boss Charles, son fils etc…

Tous, saltimbanques éphémères, ils avaient fait peur aux tout-petits, avaient fait rêver les plus grands, et ensemble ils avaient mis Jacmel en transe…J'ai compris dès lors que faire rire et divertir devait être un sacerdoce autrement important chez certaines personnes…Ils l'avaient fait pour rien, par simple plaisir et le plus pauvre pouvait être amusé gratuitement.

Mais d'autres prenaient leur manie d'amuseurs un peu plus au sérieux, faisant du métier de dérider les autres un gagne-pain ou le boulevard lumineux vers la richesse matérielle ou simplement vers une survie décente. Ceux-là devaient se transformer en des figures qu'ils n'avaient pas espéré être à aucun moment de leur courte vie, pour la plupart. Le risque ou le plaisir du métier devait les pousser vers des extrêmes incroyables, vers des falsifications de leur nature et métamorphoses physionomiques en des personnages dont on ne leur croirait pas capables. De pseudonymes empruntés aux costumes portés, ils avaient fait de leur mieux ou de leur pire pour laisser leur marque de manière indélébile sur l'ensemble de l'imaginaire haïtien.

J'ai eu le privilège même pour de courts moments de suivre l'évolution de certains de nos célèbres artistes dans leur caractère de circonstances comme dans leur vie d'hommes parfois en des opportunités juxtaposées. Jeune adulte, j'ai assisté à une performance d'Alcibiade à la Radio Diffusion Haïtienne de la Ruelle Jeanty au Bois-Verna. Je l'ai entendu avoir une conversation avec quelqu'un dans sa voix naturelle, puis, depuis la porte de la salle d'enregistrement, jouant une de ses pièces connues dans sa voix d'artiste. J'ai compris alors que le talent doit être un don bien spécial de la nature à certains hommes et que la drôlerie est leur cheval de bataille. La voix altérée d'Alcibiade lui procurait, au moins, sa célébrité artistique connue reconnue.

J'ai assisté d'abord à une séance de répétition d'Ansy Dérose à Jacmel chez sa tante Madame Roland Martelly, voisine de mon père lors, puis à son spectacle au Congo Plage de Jacmel plus tard dans la soirée. L'immortel chanteur, en sueur, en vrai homme de métier s'affublait d'une nouvelle chemise de soie multicolore à manches bouffantes à intervalles régulières durant toute la performance. La semaine suivante, le destin m'a sommé à deux autres rendez-vous spectaculaires avec lui, peut-être pour former ma conception de l'homme et de l'artiste et établir une démarcation définitive entre les deux personnes sous la même enveloppe.

D'abord du côté de la rue Montalais en route pour le J.B. Damier qu'il a dirigé toute sa vie professionnelle, puis à l'Education Nationale dans sa veste et sa cravate, j'ai été en présence de l'intellectuel de belle prestance, du professionnel de belle facture qu'il était, soucieux de contribuer à une formation vocationnelle et intellectuelle solide au futur d'Haïti. J'ai compris alors que chez lui, il y avait un gentilhomme-érudit émérite et un artiste doué, un être complet, et que la science et l'art faisaient agréablement faisceau chez lui pour le bien-être de l'humanité.

J'ai été à la clinique du Docteur Pierre-Louis à Martissant avec mon fils une fois, et j'ai vu Monsieur Théodore Beaubrun, âgé et secoué par les fatigues de toute une vie de comédie sortir de la clinique. Franchement, si ce n'était pour le visage, je ne trouverais rien de commun entre le bouffon toujours verbalement bousculé par sa femme Mantoute en pantalons trois quart du petit écran et l'homme bien mis en ma présence. Je pensais alors qu'il prend beaucoup plus de talent pour être moins sérieux sur la scène qu'il en prend pour être sérieux lorsqu'on est malade. De Languichatte riant et faisant rire sur la scène à Théodore Beaubrun, grimaçant de douleur, toute une nouvelle philosophie de la complexité des choses de la vie prit forme en ma conscience, l'espace d'un instant.

De toute façon, entre les deux, je m'étais dit que j'aimais mieux l'homme du mercredi soir fantastique sur la Télévision Nationale de ces années-là. La drôlerie a un prix et doit être appréciée équitablement bien plus que le raisonnable arrive difficilement à commander du respect. Ainsi, entre le drôle et le raisonnable, il faudrait prendre Dieu pour juge en vue de savoir qui a raison, qui a tort. Est-ce Michel Martelly vraiment un meilleur homme que Sweet Mickie ou Ti Simone. Il prend plus qu'un tout petit peu de philosophie pour jouer à l'arbitre des manifestations humaines.

Adolescent, il m'était un plaisir d'admirer une photo de mon oncle Cyriaque Achille Delmas, devenu plus tard Ti Paris, lors jeune homme dans ses vingtaines et au fait de sa gloire artistique. Il était lors pour le Casino international une figure aussi emblématique que Barry Manilow l'est pour Las Vegas. Il représentait le souffle nouveau de l'imaginaire musical haïtien. Le beau noir aux yeux doux, à la taille élancée qu'il fut plus tôt n'avait rien à voir avec l'artiste à chemises bigarrées, buvant l'alcool plus souvent que l'eau, ni la vedette au chapeau surmonté sur l'enveloppe de son disque Ti Paris et sa Guitare.

L'enfant intelligent à l'Ecole des Frères Clément de Jacmel qui refusait d'être raisonnable assez pour aimer l'école était plus dévoué à être un maniaque de la guitare à 14 ans qu'il n'ouvrait un livre. Il était virtuose de quelque chose et partout ailleurs, il aurait été d'abord un prodige de petit chanteur comme un Joselito et plus tard un B.B. King, un Van Halen des Etats-Unis ou un Carlos Santana du Mexique, mais il a eu le malheur d'être de chez nous, méconnu, mal apprécié puis déprécié. Il a commis la faute grave d'être un saltimbanque correct, ainsi il n'avait pas amassé provision pour l'été de sa vie et était condamné à être la cigale plutôt que la fourmi.

Le grand intellectuel Américain, dramaturge et acteur, Paul Robeson, devait chanter sur la scène plus que s'adonner à aucune autre facette de son immense répertoire telle que déclamer sa belle poésie, parce qu'en certains endroits, on refusait de le voir en tant que dramaturge, donc un intellectuel de grand acabit. Ainsi, il devait se faire bouffon pour se faire un public et un nom, survivre économiquement et laisser un de ces noms qui ne mourront jamais pour la postérité des grands hommes de ce monde.

Tout comme dans le domaine sportif nos Manno Sanon, nos Tom Pouce, nos Labissière, Fritz Bobo ou Constant Monumat, nos Pierre Bayonne selon nos perceptions bornées, sans joindre la performance au talent, n'auraient été que des 'énergumènes ' donnant des coups de pieds dans des ballons de chaussettes farcies de torchons.

Toutes ces étoiles qui avaient brillé et brillent encore au firmament musical, théâtral, littéraire et sportif haïtien, toutes ces pierres précieuses vomies des bosquets sociaux, contrairement pour Martelly chez qui la morue fut souvent sur le feu et le pain déjà grillé, ils n'avaient été ni anges ni démons et avaient fait de leur mieux pour renverser les tabous dressés sur leurs pas et inscrire leurs noms sur le parchemin grandiose des prouesses toutes Haïtiennes et universelles. Ils avaient tous deux chevaux distincts nommés raison et drôlerie.

L'un pour les choses supérieurement humaines, l'autre pour le pain quotidien ou l'assouvissement d'ordonnances personnelles, tel que l'amour désintéressé du sport ou de la musique ou du théâtre.

De Languichatte affublé de ses pantalons trois-quarts et son col, l'on dirait tout simplement c'est du vrai Languichate mais du faux Théodore Beaubrun, Alcibiade sans sa voix altérée serait seulement approximatif, Ansy Dérose sans ses manches bouffantes aurait été simplement Monsieur le Directeur du J.B.Damier, peintre, ébéniste et poète, pas l'immortel Ansy Dérose, Ti Paris sans sa guitare serait le moins vanté des trois frères Delmas appelés par moi les Trois Mousquetaires de Jacmel - une narration d'eux de ma part est en construction - et Jesifra, sans ses drôles de chaussures et sa démarche de guingois et au ralenti, n'existerait pas. Tous seraient de ces dieux qu'on n'en a cure d'inventer sans une goutte (Ansy Dérose) ou un débordement (Michel Martelly) de bouffonnerie de leur part.

Ils avaient et ont tous du talent, mais le lieu commun de leur réussite fut le déguisement, la métamorphose parfois outrancière qui côtoie la dénature, la performance outrageante. Pour eux, ce serait comme parodiant Descartes 'je suis un travesti, donc je suis'. Que le podium de production, leur lieu commun et égalitaire, leur ait donné tort ou raison, que l'audition leur ait fait justice ou pas, que le zèle apporté au métier ait assuré leur bonheur ou leur malheur, tous diraient à l'unisson 'Si nous n'existions pas, il faudrait nous inventer'.

Ainsi, l'artiste Martelly est en bonne compagnie

et n'était pas pire qu'un autre artiste. Son style sur scène était clairement mais pas implicitement décolleté, donc nettement différent par rapport aux autres. Ce sont les différences qui rendent le monde beau. Tout comme Molière, le seul personnage de ses pièces à n'avoir jamais porté de costumes ni s'être maquillé, pourtant était celui qui provoquait les rires et les applaudissements les plus fous, le seul d'ailleurs à pouvoir dérider Louis XIV et la reine mère à la Comédie Française.

Donc, la bouffonnerie satirique n'est pas un phénomène social ou humain propre à Martelly et n'est pas d'hier. Le désir ou le devoir ou la responsabilité d'amuser pour épater, pour retenir l'attention, pour faire rire, pour faire pleurer, pour passer à la postérité et pour gagner son pain quotidien ou s'enrichir est aussi vieille que l'humanité. Le clown, le joker, l'arlequin ont été bien vivants longtemps avant Martelly, et ils seront longtemps après lui.

Le théâtre n'a jamais toujours été que l'angoisse des hommes; c'est un univers de rire ou de pleurs ou les deux à la fois. Ce qui déterminait Alfred de Musset à opiner après la représentation des Femmes Savantes de Molière 'quelle mâle gaieté si triste et si profonde que lorsqu'on vient d'en rire l'on devrait en pleurer'. Après le rire et les grossièretés chez Martelly, on devint forcément méditatif quant au calibre sociopolitique de ses refrains.

De très grands artistes, vendeurs de bonheur, sur le théâtre du rêve se sont déguisés ou pas pour enchanter. Nos Tonton Bicha, nos Papa Piè sont des gens très normaux dans leur vie privée. Nous les adorons, il me semble, aussi longtemps qu'ils veulent rester loin de la mine politique; il suffit que la confrérie des grands érudits et des belles manières de chez nous n'ont rien à leur reprocher. Nous devons les aimer en plein pour ce qu'ils sont; les travestis qu'ils sont nous font rêver.

Quant à Martelly, son cri de guerre, les gémissements de son âme réclamaient d'autres alternatives, un style dépravé mais d'un altruisme accaparant pour faire ou réaliser ce que d'autres n'avaient pu. Né dans une famille à condition économique plus ou moins stable, il n'allait pas de toute façon se contenter du pain quotidien comme la plupart de nos artistes. Les conditions sociopolitiques n'ayant pas été propices à son début d'artiste, il devait aller à la recherche des circonstances plus convenables à l'assurance de sa survie sur la scène musicale haïtienne surpeuplée de compétition à vil prix.

La réalisation des rêves supérieurs, dans une Haïti qui ne promettait rien et qui n'avait rien à promettre même aux artisans ou vendeurs de bonheur des plus talentueux, avait une autre signification. Dans un pays où même ceux-là qui luttent ne vivent pas, l'ultimatum donc est de se faire une vocation et de faire autrement. C'est à peu près scientifique. Le besoin engendre la science devait faire naître chez lui une philosophie un peu plus pratique. L'imagination n'enfante pas que des rêves mais aussi une perspicacité pragmatique.

D'ailleurs, comment vendre du bonheur dans un pays où l'on avait que le malheur comme bien commun, là où il faut le malheur pour prétendre à l'existence du bonheur. Quand l'autre dit qu'en l'Haïti d'après 1986, on marche sous les balles et l'on court sous la pluie dit toute la profondeur du malheur haïtien. De même dans l'Haïti d'après 1986, il fallait beaucoup de courage pour danser et beaucoup de talent pour faire danser et rire puisque le moment historique n'était pas propice à un tel sacerdoce. Nos chanteurs devaient donc se transformer en une forme de comédien, presqu'un prestidigitateur.

Ainsi, il fallait trouver un moyen pour réussir et se prévaloir, et comme par magie, Martelly avait trouvé la recette : de la drôlerie à bon marché. L'artiste ne pouvait compter que sur le monde, beaucoup de monde, production en masse de la musique. Le Mass Compas, appellation intelligente, doit avoir une origine sociale significative et pragmatique.

Martelly, en cette perspective, a suivi à la lettre le précepte de son mentor Ansy Dérose. Le talentueux époux défunt de la belle et talentueuse Yole avait beuglé à l'entendement naïf de ses homologues musiciens 'Fais-toi payer !». Et Martelly s'était fait payer, au contraire, à coup d'espèces sonnantes et trébuchantes et en gloire politique. Ce qui ferait dire qu'au contraire, Martelly n'était nullement débauché, il était de préférence un embauché à un ordre de choses sublimes, à un sacerdoce plus grand qu'il n'appartient pas à la simple volonté humaine d'en agréer ou répudier.

La façon à Martelly était clairement nouvelle dans notre culture politique même notre culture de l'amusement, ou est-ce nous qui sommes en retard de phase sur l'évolution des choses de la vie. Un président ou un technocrate ne danse pas dans un sous-vêtement ou dans une jupe chez nous, mais les artistes vendeurs de plaisirs s'exhibent ainsi chaque jour à Manhattan, à Las

Vegas, à Londres, à Paris, à Singapour etc…dans ces endroits-là qui ne sont pas forcément fréquentés par les puritains ou par les chrétiens. Beaucoup de jeunes hommes et de jeunes filles à grandes capacités intellectuelles et technocratiques se font payer de cette façon quand rien de meilleur n'est encore à l'horizon, comme autrefois cette jeune dominicaine étudiante en Médecine en Dominicanie et prostituée en Haïti. Les choses de la vie, comment les interprète-t-on pour les interpréter de façon juste et équitable ?

À la vérité, qu'est-ce que Martelly a montré d'offensant? S'il avait exhibé son sexe ou son postérieur nettement nu serait définitivement impardonnable. Était-ce le cas? Je parie que non.

La plupart des professions d'amusement ou sportives se font à demi-nu. Le monde de l'industrie du spectacle est volontairement dépravé et se doit de l'être. Chaque joueur est promoteur et faiseur de fortunes. André Agassi, le jeune fougueux joueur de tennis, a aidé à révolutionner les accoutrements sportifs. Les joueuses de tennis par exemple ne laissent pas beaucoup à l'imagination parfois, les gymnases, les lutteurs, les plongeurs non plus.

Ce sont toujours les traditions, les tabous et les préjugés qui prescrivent les limites d'interdiction ou le degré de l'offense morale accompagnant un geste. En Grèce, les hommes plutôt que les femmes marchent bras-dessus, bras-dessous dans la rue. En Italie, pour un exemple, les hommes se baisent sur les lèvres sans rien éprouver. Chez certains peuples, les hommes dorment sur un même lit, serrés l'un contre l'autre, sans éprouver aucune pensée sordide. Tout cela serait sacrilège chez nous ou chez certains autres peuples.

Ainsi, il est difficile d'interpréter les choses de la vie sans fausser la vérité ou sans blesser ceux-là qui voudraient se faire passer pour des puritains ou ceux-là qui veulent se fournir un bon prétexte pour penser d'une certaine façon ou d'une autre. En cette perspective-ci bien définie où nous passons le phénomène Martelly-chanteur/Martelly-politicien à la loupe des considérations protubérantes, mettons le caractère sentimentaliste des réactions humaines de côté un moment pour embrasser le bon sens pragmatique. S'il est interdit à un homme, chez nous en Haïti, de se mettre à nu en public, l'Haïtien qui a voyagé ou qui a été né ailleurs le voit autrement. C'est pourquoi il est difficile pour tout le monde de voir ces gestes désapprouvés [torse nu, pantalons en berne, hanches affolées (tours de reins), accoutrements féminins] propres à l'artiste Martelly d'un même œil et ou condamner quelqu'un qui apporte un jugement moins extrême au même comportement.

L'on est peut-être chrétien, mais le monde entier n'est pas chrétien, ou pas encore. Ce serait préférable; mais en attendant peut-on, ici ou là, condamner en bloc un homme pour des comportements qui sont ailleurs aussi vieux que l'humanité? Dieu refuse d'être désuet; la nature refuse de ne pas avoir horreur du vide. Dieu dans sa mansuétude ne condamnera jamais à brûle-pourpoint, comme nous autres, mais continuera à chercher des brebis perdues jusqu'à l'avant-veille de la fin de l'expérience terrestre.

Ainsi, n'attendons pas à ce que le monde entier voit Martelly avec des yeux haïtiens ou puritains par rapport au même geste. Les plages du Brésil et du Midi de la France pullulent chaque jour de ces seins et fesses nus, comportements qu'on jugerait anormaux quelque part ou partout des décades auparavant.

Aussi, faire un geste en public dans la rue ou le faire en public dans un environnement bien déterminé revêt des caractéristiques différentes au même fait et geste. Dans un night-club, on se doit de se comporter différemment que dans la rue ou dans une église ou dans une école ou dans n'importe quelle autre institution publique. Ainsi, le geste reproché à Martelly paraîtrait beaucoup plus condamnable si fait dans la rue ou même chez lui, en sa demeure.

Pour un autre exemple, Michael Jackson le plus bouffon des frères du même nom et le mieux réussi a été le seul à s'habiller drôlement, à évoluer drôlement au quotidien, et drôlement assez l'homme qui ne pouvait même pas parler longtemps, ni regarder les autres dans les yeux. Il n'était devenu le plus célèbre Américain de tous les temps que par sa drôlerie. Les attirails notoires de sa conquête musicale et artistique furent son unique gant blanc scintillant, ses pas de girafe connu comme le « moonwalk », et l'empoignement constant de son phallus sur la scène comme disant à qui voudrait comprendre, j'en ai un moi aussi. Drôle de façon de mettre son talent d'artiste en exergue mais qui fut le ferment de l'un des plus grands succès musicaux mondiaux de tous les temps.

Elvis Presley ne devint pas célèbre que par ses accoutrements de scène scintillants, ses grands pas d'automate sur la scène, son énergie qui abîmait pas mal de foulards à chaque performance et qui l'abîmait lui-même, ses épais favoris, et sa voix chaude mais aussi et surtout par ses jeux de hanches qui lui ont valu en 1957 le doute exprimé par la société américaine quant à maintenir sa présence à la télévision. On avait dit non à Elvis dans un premier temps à cause de ses hanches en délire qui étaient devenues par la suite sa signature de marque et l'avaient propulsé au timon de la célébrité musicale américaine et universelle.

Shakira non plus ne ménage pas le monde de ses tours de hanches, qu'on se rappelle elle et notre Wycleff Jean à l'ouverture de la coupe du monde 2006, à une autre époque ce serait donc une catastrophe. Le monde a beaucoup évolué; et, dans son évolution, un tas de première fois incroyables ont vu le jour. Martelly ne voulait pas être en reste et ne l'était pas au contraire. Il a gavé le monde de coup de jovialités dissonantes et de mièvreries choquantes pour se payer du fromage et de gazeuses à la crème avec son pain quotidien. La popularité qui en decoulait lui a offert en même temps la présidence de notre nation sur un plateau d'or.

Encore un autre exemple pour être plus convaincant dans cette apologie compréhensive ; tout individu de ma génération et d'après doit avoir entendu parler d'un chanteur français du nom de Michel Polnareff. Il était célèbre par sa voix et par ses déguisements. Il attirait les regards, provoquait de la crise hystérique chez ses fans et animait la controverse. Le chanteur français travesti était cru pédéraste en conséquence.

Les gens qui me voient passer dans la rue me traitent de

pédé,

Mais les femmes qui le croient n'ont qu'à m'essayer

Lamentait-il sur les ondes dans une chanson devenue célèbre.

Plus tard invité à Versailles par Georges Pampidou et questionné par le président français autour de son orientation sexuelle, il lamenta de plus belle:

Quand le président m'a interrogé, j'ai prêté serment
J'ai pris ma plus belle voix et j'ai déclaré
Je suis un homme, je suis un homme
Quoi de plus naturel en somme
Polir mon style correspond bien à mon état civil
Je suis, je suis un homme et de là-haut sur le podium
J'éblouirais le tout Paris de mon anatomie.

Naturellement, il était un homme ; et il le demeure, mais il devait faire un choix équivoque pour braquer les regards des foules sur sa personne unique en un temps de compétitions féroces et mériter les francs français à ne pas pouvoir les compter.

Aujourd'hui, plus que jamais, dans tous les stades du monde on voit même des joueurs de football diversement coiffés avec des cheveux multicolores. Certains jouent même masqués. Tout cela est à des fins financières, show-business, pour aider les promoteurs sportifs à remplir les stades et se faire payer. Qui ne se souvient pas de Macho Man, de Hulk Hogan dans la lutte gréco-romaine (wrestling) ou de Macho Kamacho dans la boxe et des centaines d'autres, tous des spécimens talentueux et flamboyants. Ils sont conscients que toutes les dizaines de millions qu'ils touchent doivent venir de quelque part, et la plupart se font sportifs doublés d'acteurs. Néanmoins, cela exige du talent.

Pour revenir aux Etats-Unis, le fameux Georges Clinton, l'apôtre du Funkadelic est remarquable dans ses accoutrements inaccoutumés. Il n'est pas célèbre seulement par le style musical qu'il met en relief, mais surtout par ses costumes scintillants, colorés et drôlement portés. On le voit même en pampers sur le podium parfois. Il est chanteur, il est comédien, un artiste dans le sens le plus large du terme. Par-dessus tout, il sait se faire payer. Louis Armstrong aussi devait se composer un visage en chantant pour attirer la foule, mais n'a pas été aussi bouffon dans sa vie privée. Qui peut oublier Louis de Funès, Richard Pryor? Qui peut ignorer Bill Cosby le philosophe comédien, Eddie Murphy, l'acteur le plus payé d'Hollywood il était une fois à coups de drôleries, l'inévitable drôle Jack Nicholson, Tom Hanks et Antonio Banderas jouant le film Philadelphie, les Wayans, Jimmie Fox, l'extrêmement bouffon Jim Carey qui possède bien l'habileté de tourner son visage en un masque fait de mauvais papier? Déguisements outrageant et personnages excentriques sous lesquels évoluent des gentlemen la plupart réservés, polis et respectueux. Tous étaient et sont des bouffons majestueux, vendeurs d'hilarités.

Rien n'était nouveau alors que Michel Martelly devait se faire drôle pour le besoin de la cause ni faire face à cette hargne de la part des détracteurs. L'inédit, c'était le fait de s'être autoproclamé président du compas et d'avoir véritablement brigué la présidence d'Haïti au moment où l'on s'attendait le moins. Ces exemples typiques susmentionnés montrent clairement jusqu'où peuvent aller les hommes de scène pour s'imposer, pour se faire un nom et/ou une fortune. L'industrie du spectacle est bigarrée de millions, heureux ceux qui savent se faire payer et s'assurer que le chèque est autant juteux que possible.

Dans le cas précis de Martelly, renouvelons que dès l'annonce de sa candidature à la magistrature suprême de l'état, le musicien débonnaire de par ses œuvres et de par son orientation politique faisait grand bruit. Son élection autoproclamée à la présidence du compas avait fait couler l'encre et la salive, cette fois-ci accompagnée de grands renforts de décibels de reniements et/ou d'applaudissements, eu égard à ses prestations passées, lesquelles furent jugées intempestives et hasardeuses dans les couloirs festifs et jubilatoires de l'industrie du spectacle.

À côté de la salive et l'encre, les controverses créées pourraient arriver au sang si la réalité sociopolitique n'obtempérait à cette prescription des déterminismes historiques. Le premier résultat contesté de l'élection présidentielle l'opposant à Jude Célestin et Mirlande Manigat pourrait avoir débouché sur un cul-de-sac à ce point fatal, un autre Novembre 1987 tristement célèbre s'en serait découlé.

Face aux colères et cris de joie provoqués par sa déclaration de candidature, tout un chacun avait son mot à dire pour exprimer leur ébahissement, leur désarroi ou leur désaccord. Ce que les observateurs moyens ne pouvaient pas comprendre, c'est que la Providence politique à l'Haïtienne ne nécessitait aucune métamorphose profonde dans l'homme pour faire naître le politicien. Il a suffi tout simplement que le message qu'il véhiculait dans ses mots et ses contorsions guidés répondît à la mouvance sociopolitique et que le temps fut mûr assez pour colporter toutes les espérances nouvelles à partir des rêves déchus.

Cette circonstance historique, étrange dans ses affinités, a montré clairement que rien, aucune philosophie contraire ne peut combattre une idée nouvelle quand elle a déjà trouvé son chemin dans les fissures fanatisées de la conscience humaine. Par la force des choses, la nation haïtienne était tombée dans les profondeurs de l'amour avec le musicien un peu trop débauché selon tous les standards, mais agréablement bienvenu, et l'hymen fut consommé en l'absence présagée des magnats de la pensée haïtienne. Le pire était que le débauché ne pouvait pas être fauché par quiconque ni par aucune sorte d'artifice de réflexion.

Personnellement, j'ai adhéré à sa campagne ouverte, à son dévouement tout éloquent à la cause haïtienne parce que j'ai beau chercher pour ne pas trouver grand-chose à lui reprocher quant à sa façon de chahuter la palabre politique à la fois fastidieuse et creuse qui rythmait la fanfare des soupirants vers notre palais effondré. Il prit carrément par la gorge la vadrouille habituelle, occupa le devant de la scène au bal des trépassés politiques se déambulant sur le boulevard attristant de la présidence haïtienne.

Ainsi, le prétendu ou déclaré dévergondé qu'il était reconnu pour être, s'il avait fallu lui faire justice, aurait été de loin plus convaincant que la pléthore des aspirations aux coussins présidentiels. De très grands intellectuels et technocrates étaient dans la course il est vrai, mais ces catégories s'étaient toujours avérées incapables de faire atterrir et délivrer la marchandise du développement économique souhaité depuis 1804.

Martelly, lui, avait un agenda politique qui sonnait mieux que l'ensemble combiné de cette rhétorique de l'espoir perpétuel qui était devenue convexe avec le temps, qui était soldée à coups de défaites séculaires et des offres faites à la volée toujours en périodes de campagne. C'était entre eux et lui. Lui était partout, faisait campagne tout le temps, dans le secret ; il connaît tous les recoins d'Haïti. Les autres, Brutus enchantés ayant massacré la matrice nationale, se relaxaient pendant que la misère corrodait la conscience nationale.

Nos manitous présidentiels se refusaient encore de se rendre à la simple évidence qu'on n'entre pas en triomphateur dans une ville assiégée de misères qu'on n'a jamais eu cure de visiter, excepté peut-être pour les fêtes champêtres. On n'attend pas un vote d'une main dans laquelle on n'a jamais mis la sienne, même symboliquement; une main sur mille ferait une différence notoire. On ne signale pas sa présence à des yeux qu'on ne s'est jamais donné la peine de fixer.

La démocratie se fait par la foule, pour la foule et dans la foule. Je me souviens encore dans les premières années de la décade 1980, Jean-Claude était en route pour les Cayes, et à l'approche du cortège, cette petite fille les bras ouverts sans être invitée par personne, génuine improvisation, chantant 'Map danse pou ou, Jean-Claude map danse pou ou '. C'était pathétique et agréable à la vue. Jean-Claude n'était pas l'homme des foules bien entendu, il n'en avait pas besoin au même titre qu'Aristide ou Martelly ou même Préval dont on doit se souvenir le fameux tour en croupière sur un taximoto après son élection de 2004; mais il partait de temps en province s'assurer une popularité représentative.

L'électorat haïtien sonda le terrain et réalisa que personne ne pesait vraiment lourd dans la balance politique et ne pouvait pas convaincre suffisamment avec leur promesse de pouvoir combler les vides immenses qu'assurément le départ de René Préval allait causer. La classe politique, dépassée par les évènements, flottait dangereusement, mettant en jeu l'existence même de la nation, ne représentait vraiment ni les aspirations de la nation, ni les rêves populaires. Martelly, lui, prenait des racines politiques profondes au milieu même de ces agissements-là que le reste du monde trouvait immoraux et décevants. Il était comme favorisé par cette loi physique que 'tout ce qui est comprimé doit s'exploser', et il prétendait pouvoir éviter l'explosion imminente. Le résultat, au lieu d'étouffer dans l'œuf la poule de son ambition politique, chaque pression de la compétition, sur sa moralité jugée décevante, devint comme blasphématoire pour l'électorat amouraché, faisait exploser la coque et le propulsait vers une autre dimension.

Les grincements de dents exprimés contre Martelly ont eu ses répercussions eu égard à la fonction convoitée considérant que, pour être président, l'aspirant doit être irréprochable de caractère. Tel n'était pas le cas; il n'a jamais été question que pour devenir président d'Haïti on devait être chaste à tous les points de vue comme il est impératif que le citoyen doit avoir fait preuve d'une prouesse administrative impeccable. Il s'avère vrai que bien des hommes d'état, dans le monde, ont fait face à de telles difficultés au cours de leur campagne présidentielle et à des scandales bien moins poignants qui leur ont coûté l'élection à la fonction convoitée.

Un de ces cas qui firent couler l'encre et la salive fut celui du Sénateur du Colorado, Gary Hart, qui fut photographié, une belle jeune femme assise sur ses cuisses. Posture moralement condamnable, jugeait-on. Il avait beau déplorer que ce fût un accident, et que ce fût une supportrice excitée en quête de photo-opportunité qui se laissa tomber sur ses cuisses dans son excitation et les photographes toujours en quête de pâture sensationnelle avaient cliqueté leur appareillage sans son consentement. Néanmoins, le coup ne pouvait pas être remédié; il devait dire adieu à la présidence américaine et ne devait regagner l'estime de sa femme et de ses enfants et de la plupart de ses supporteurs qu'à grands renforts de mea culpa et son abstention politique définitive par la suite.

Martelly le père de famille

En toute apparence, c'est sur ce thème que les détracteurs allaient faire retentir l'essentiel de leurs critiques antagoniques contre Martelly tentant de corrompre toute possibilité de sa part de remporter le suffrage. Ils savaient pertinemment qu'attaquer un homme dans sa vie de famille, c'est l'assaillir dans ses racines mêmes. Il a été débattu qu'une différence énorme existe entre le chanteur de night-club et le père de famille dans sa vie privée.

C'est peut-être d'ailleurs pour signaler cette démarcation entre l'artiste et l'homme que sa femme jura une fois que l'homme public est différent de l'homme privé et qu'une fois une soirée bouclée, Sweet Micky redevint Michel Joseph Martelly, chanteur, musicien il est vrai mais se comportant autrement, en père de famille elle voulait dire. Sa femme reporta en outre qu'il prenait des cours et étudiait jusqu'au matin suivant après un bal. Alors, ce questionnement fut de courte durée comme ni sa femme ni ses enfants ne fournissaient aucune matière à discussion dans ce domaine pour de plus amples questions là-dessus. On ne pouvait nullement utiliser son intimité pour accabler son ascension politique, on ne disposait de ni les excuses, ni les critères, ni les arguments à une telle fin.

Martelly l'immoral

Immoralité demeure la plus grave de toutes les attaques, dans cette campagne de dénonciations et de diffamations systématiques contre l'épopée du chanteur-candidat. Personnellement, j'ai protesté avec véhémence en sa défense, empruntant une logique didactique sans espoir de gagner. Les faits étaient là et étaient trop patents et prêts à confirmation, audio-visuel à l'appui, pour attester l'incongruité de l'homme à qui lui voulait grief pour ses performances dépravées d'autrefois. J'ai été comme galvanisé par une éloquence née d'un sursaut plutôt désespéré de ma part proclamant qu'une chance devait être donnée à Haïti de survivre. Aucun espoir semblait exister et un désespoir épais pouvait se lire dans les yeux de chaque haïtien.

Cette lueur d'espoir n'était que dans le discours au garnement Martelly, Madame Manigat ayant été trop géronte sur le harnais de la politique Haïtienne pour réellement éblouir et convaincre l'électorat d'une quelconque foi dans le futur. Les promesses qu'elle avait sous ses ailes le souffle nouveau qu'ils espéraient et qu'elle couvait sous ses seins l'œuf doré du devenir haïtien étaient entendues avec le niveau d'attention du à son prestige personnel mais passées en dérision. On était devenu incrédule, tout court, dédaigneux de toute forme de compromis politique qui ne viendrait pas de Martelly. Jude Célestin était trop nouveau, malgré ses refrains de rude travailleur et malgré Préval le sage tout-puissant à la croupe lui servant de bastingage. Donc, parmi les aspirants et soupirants après le Palais National, seul Martelly avait le mot qu'il fallait; mais, pour ses antagonistes il était sans possibilité de discussion politique. Manque d'érudition et trop volontairement dépravé, et qu'il avait péché contre le folklore sociopolitique établi étaient les arguments derrière le verdict préétabli.

À entendre ses exposés, ses reproches plus que ses promesses, Michel Martelly paraissait bien être un meilleur souhait politique que ce garnement souillé, Sweet Micky, sous lequel il prenait plaisir à vouloir paraître aux yeux du monde. Ma sagacité m'avait poussé à vite faire la démarcation entre la présence de l'homme sur la scène musicale et ce qu'il pourrait vraiment représenter sur le théâtre du rêve haïtien. J'ai plaidé qu'il devait être donné la chance de présenter l'envers de la défroque et du décor artistiques, de le laisser descendre un peu de la monture musicale spectaculaire et fougueuse qui avait fait sa fortune et le bonheur de ses fans.

J'ai prédit bien avant la lettre que le char de carnaval pouvait aisément être transformé en une cavalcade développementale. Le moment était mûr d'ailleurs pour une telle éventualité. La réalité sociopolitique haïtienne pourrie par nos têtes bien faites avait fermenté le fumier propice à la germination de la nouvelle semence idéologique propagée par Martelly. Sa voix devient un opium ; sa présence politique, un impératif ; les rencontres de sa campagne, le passe-temps favori à caractère politique rehaussé d'une parade de promesses administratives pour ses inconditionnels.

L'électorat haïtien, sans confiance et craintif, était bien devenu une girouette affolée qu'un grand vent nouveau pouvait faire prendre une direction jusque-là insoupçonnée. Les jeunes, habilités par l'âge à pouvoir exprimés leurs droits et devoirs citoyens par le vote, étaient ballottés assez par la catastrophe politique pour devenir une pâte malléable prête à prendre la forme du moule le plus propice à contenir leurs aspirations. Les politiques traditionnels étaient devenus des chefs de cambuse essoufflés, il fallait leur donner la monnaie de leur laxisme, et Martelly représentait le prétexte et l'opportunité.

L'affection vouée à Aristide désormais absent était déplacée un peu, Préval taciturne à l'excès et son INITE n'appuyaient pas leur prétendu poulain, Jude Célestin, avec autant de chaleur et autant de conviction qu'il le fallait peut-être. Jean-Claude Duvalier revint au bercail l'on dirait plus pour prouver un patriotisme qu'on ne le croirait pas capable que pour vouloir se passer à nouveau la vieille casaque qu'il avait voulu refuser, selon la petite histoire, mais qu'il n'avait pas les moyens de son refus. Le père - intransigeant, soucieux de sauvegarder ses pénibles mais grandioses acquisitions - imposait, la mère acquiesçait, la classe politique promettait du support inconditionnel.

Mon humble érudition m'a appris qu'il n'y a qu'une chose dans la vie qui soit plus fragile qu'un verre. Il faut savoir le toucher avec soin pour ne pas le briser et être blessé par lui, et cette chose fragile serait un être humain. Et briser les humains, c'est quelque chose que la politique haïtienne fait avec passion depuis 1804. Il nous faut toujours trouver une raison pour ne pas servir la nation comme promue, comme jurée solennellement, pour s'assurer même l'inimitié de l'électorat, l'investiture au pouvoir une fois complétée.

C'est que nos standards ou ce que nous croyons être nos standards créent toutes sortes de frustrations, et les frustrations créent toutes sortes d'handicaps et d'handicapés, puis d'un côté ou de l'autre on devient forcément agressifs et sur la défensive. Monopolisés par un tel état d'esprit, nous ne touchons rien avec soin, des êtres aux choses. Nous contemplons tout, et la vie elle-même, dans une béatitude cosmique ou avec une attitude délibérément totalitaire qui défie toute percée tangible et fait échec à toute lancée intelligible.

Un président, comme n'importe quel être humain, peut bien devenir un incompris, un frustré et un héros ou un monstre. Tout dépend de la volonté ou de la force de persuasion ou de coercition avec laquelle il veut s'acquitter de sa mission assignée, peut-être par le destin ou par un quelconque génie politique haïtien. Un homme empêché peut devenir imprévisible, donc dangereux ; et pour répéter notre illustre congénère, Jean Metellus, c'est toujours la peur qui crée des montres, *tout bèt jennen môde*. Il est impérieux d'obéir à certaines ordonnances, surtout quand la magnitude de la mission assignée par le destin revêt des caractéristiques métaphysiques qui le feraient ressembler à une prescription venue tout droit de ces forces de la vie qui n'acceptent aucun atermoiement de la part de l'humain sommé en la circonstance.

Le « tous les moyens sont bons » de Machiavel prend alors une ampleur particulière dans sa substance théorique. L'histoire pullule de ces exemples de leaders qui élèvent leur motivation patriotique à une convocation métaphysique qui fait fi à l'intellection humaine. Alors, ils se donnent le privilège de pouvoir contraindre l'entendement humain à travers des prises de position péremptoires qui parfois défient l'imagination. Ils n'abdiquent devant aucun sacrifice pour satisfaire cette ardente flamme nationaliste qui les galvanise. Ils veulent croire qu'ils assument une mission inviolable et sublime.

Qu'on pense à Alexandre Le Grand, à Attila, aux héros de l'indépendance Haïtienne, à Boyer, à Duvalier, puis à Abraham Lincoln, Mustapha Kemal Ataturk, Idi Amin Dada, Sadam Hussien, Bin Laden et Mouammar Kadhafi pour voir jusqu'où peuvent aller certains quand ils se croient assignés une mission tutélaire. Ils acceptent même la mort pour ne pas se défaire de leur mission. Tel Gandhi, l'Archevêque Romero de San-Salvador « Ma mort viendra comme une surprise » ou Martin Luther King « J'ai vu le sommet de la montagne, je n'ai peur de rien désormais ».

L'engouement et l'enthousiasme contagieux avec lesquels Martelly a acquiescé à sa mission, et la fougue avec laquelle il s'y prend, dénotent d'une telle teneur historique et gravité patriotique quant à lui similaire à ceux des figures précitées. Et si l'on ne prenait garde, il pourrait bien se laisser transformer « en cet éléphant dans un magasin de faïence » comme l'avait si bien dit, bien entendu dans une toute autre circonstance, notre fameux Sénateur Joseph Lambert.

C'est qu'un homme en mission est un verre fragile qu'il faut toucher avec soin. Sinon, il s'explosera conformément à la loi physique que tout ce qui est comprimé doit s'éclater. C'est ce qui, d'ailleurs, nous a valu les pires moments de notre histoire. On veut toujours détrôner un homme dès le lendemain de son arrivée au pouvoir. On oublie facilement quelque soit son degré d'érudition qu'on détrône difficilement par la force, et que cette pratique de détrôner coûte ce qu'une vision, qu'une stratégie, un plan et qu'une implémentation de programme politique ne coûteraient pas en argent et en nuits blanches.

Les prétendus moraux de chez nous, s'érigeant plus en faiseurs de leçon qu'en responsables de la conscience et du bien-être collectifs frustrent le pouvoir en place trop souvent et trop maladroitement. Notre histoire pullule de difficultés sociopolitiques qui souvent en découlent. Pour ce qui concerne Martelly, le rappeler ses escapades expressément amorales d'autrefois sous prétexte que rien de vraiment grandiose ne sortira de son coup de tête n'est pas seulement une faute grave, mais une erreur qui pourrait devenir catastrophique. Pourquoi ne pas laisser le musicien gai luron d'hier être le président qu'il essaie et est en passe de devenir. La réalité prouve qu'il se démène à joindre le geste à la parole quant à ses promesses de campagne, ce que plus que les scientifiques maladroits de la politique universelle n'en peuvent.

Frédéric Douglas, pour chanter les vertus éternelles de l'épopée haïtienne sur l'échiquier international, a écrit sa fameuse élégie poétique Jusqu'à ce qu'Haïti Parla. J'ai l'impression, justifiée d'ailleurs par les faits actuels, que c'est surtout maintenant qu'Haïti parle et que le monde écoute. Le dévouement et l'engouement avec lesquels des leaders et hommes d'affaires du monde prêtent attention aux invitations et négociations d'affaires du président le prouvent amplement. On a vu Martelly jusqu'au Vatican et jusqu'au Japon courtiser nos partenaires et vaincre leur inconsistance dans les promesses de partenariat. Il leur fait état du dilemme haïtien et aussi du rôle qu'Haïti, même petit, devait jouer dans l'histoire universelle. Nous sommes un carrefour promoteur de civilisation dans l'histoire de l'humanité. Nous avions forcé à la gorge du monde étonné et froissé moralement une autre conception de l'Homme, de l'Homme noir et de la liberté; et en tant que telle nous avons notre place dans le concert des nations dignes de respect et respectées.

On dirait avec un haut degré de présomption qu'il avait bien fallu les imperfections et les peccadilles morales reprochées au président pour nous relancer et nous remettre sur le planisphère. Il a, par cela, attiré l'attention d'abord sur sa personne puis sur Haïti. Il fait retentir sur la conscience du monde le cri de fatigue physique, morale et spirituelle de l'homme et de la femme haïtiens pris dans le goulot perfide de l'ensemble conjugué des reniements qui ankylosent les enthousiasmes et les sacrifices quotidiens. Le monde devient un petit peu moins impertinent quant à sa conception de nous. Permettons-nous du moins cet insignifiant degré de présomption, et laissons Martelly s'arroger le droit de prétendre pouvoir s'acquitter de son devoir de citoyen.

Les plaidoiries des voix amies tels que Frederick Douglas dans le temps, et Noam Chomski aujourd'hui etc... les délires dénonciateurs de nos tribuns, les prises de position intempestives de certains de nos leaders n'avaient jamais produit l'effet escompté tel que l'avait pu la chevauchée à cheval de Martelly dans le champ de notre histoire politique. La CARICOM, le Venezuela, l'Europe et l'Asie au préalable dégourdis dans leur idée de nous par Aristide et par Préval, les plus voyagés de nos présidents avant Martelly, ont désormais pour Haïti les yeux de Martelly et son crâne rasé brille souvent sur les tarmacs du monde entier, plus souvent qu'aucun autre président haïtien a la recherche de compréhension mutuel et de partenariat essentiel.

Il faut bien admettre que les canons et les claquements de machettes, d'épées et de tessons de bouteilles de 1803, applaudis par les forces invisibles, avaient été tus par les moraux de ce monde y inclus les nôtres. Il nous a fallu une nouvelle philosophie pour raviver la conscience de nos exploits d'antan ; et ce regain de discernement ne pouvait pas souffrir d'être exclusivement livresque ou fagoté dans les salons diplomatiques ou derrière des rideaux de soie. L'hypocrisie internationale qui avait balafré le visage de l'épopée libertaire haïtienne de la boue du mépris et de l'abaissement séculaire se doit d'abdiquer devant la pureté de nos intentions supérieures renforcées désormais des alluvions de notre actuelle corrélation sociopolitique. Cet amalgame de personnalités dans l'homme du 14 mai 2011 fut nécessaire pour fortifier l'angélisme primitif de notre existence politique sur la scène internationale.

Une sagesse nationale fraîche en son essence se trouvait mise en branle et vociférée par le bas pour la galvanisation salutaire de toutes les consciences au sein du vaste dialogue national. Le comportement décolleté de Martelly rendait l'électorat confortable. 'Je suis vous, vous êtes moi, nous sommes un', disait-il tacitement dans sa folle jovialité. Il paraphrasait Victor Hugo dans ses déhanchements, le rendant plus pratique, plus près des problèmes actuels; tu serais bien imbécile de croire que je ne suis pas toi et que je ne danse pas pour toi quand je danse pour moi, il semblait formuler.

À quelque chose, un chambardement désordonné en passant est souvent nécessaire, tout comme on ne chasse pas une mauvaise fièvre avec du miel, mais par l'absinthe amère. Les mauvaises habitudes sociopolitiques, tabous, préjugés sont comme des vers intestinaux, il faut des remèdes efficaces pour se débarrasser d'eux. À cet égard, à nos avis grincheux, Dessalines était trop intempestif, Pétion trop matois, Estimé trop intellectuel et fougueux de changement, François Duvalier trop spécialiste du génie haïtien et trop vindicatif, Jean-Claude trop politiquement libéral, Aristide trop tonitruant dans ses réclamations et trop populaire, Préval trop taciturne et trop sage.

On a eu un reproche contre tous. Il a fallu un autre procédé, du recours à une expression différente des aigreurs nationales. Une autre heure avait sonné, un autre homme devait venir pour parler d'une autre façon le langage de la déraison qui ramène à la raison. Finie la raison qui débouchait toujours sur l'aliénation politique. À ce point de vue, il aurait été inconcevable de préconiser, pour ce qui concerne Martelly, l'attitude d'un enfant de chœur à la cathédrale, mais de préférence celle d'un enfant terrible ou même un polichinelle étincelant à cette foire aux discours déséquilibrés qu'était devenue la réalité sociopolitique haïtienne.

Nos standards sont intransigeants; donc, à une certaine intransigeance il faut opposer une plus grande intransigeance. Nos tabous de toutes sortes nous aveuglent et donnent lieu à des sentiments si diamétralement opposés que les joindre réclame un travail de héros, de titan, de monstre ou l'attitude casuelle d'un bohême. Une greffe différemment conçue, une greffe impossible des tendances divergentes vers la régénérescence nationale. Nous avions eu nos titans, nos héros, nos monstres, tous ont été terrassés, il nous avait fallu l'avènement d'un bohême pour changer les paramètres de notre panorama politique.

Il fut devenu une nécessité historique de faire l'expérience d'une forme quelconque d'exagération pour prétendre réconcilier les références et les préférences politiques haïtiennes. Malheureusement, il n'y a toujours eu que la peur, l'humiliation, la frustration, toutes les carences possibles et l'indifférence qui ont toujours produit nos héros et nos monstres. L'heure des extrêmes n'ayant rien produit, l'heure du bohême devait forcément arriver.

Ceux-là qui n'ont pas beaucoup de prédilection pour Martelly, pour des raisons à la fois justes et ridicules disent implicitement ou explicitement, en sourdine ou ouvertement, en public ou dans les coulisses de nos jours - vu que l'homme s'est assuré une puissance au sein même de ce qu'on lui reproche - qu'il n'est qu'un immoral. Toutes les raisons généreuses du monde que la raison célèbre diraient qu'il ne l'est pas ou qu'il l'était à des fins pragmatiques et qu'il n'est pas un immoral endurci. Une explication s'impose ici, car dans tout jugement humain, il y a toujours une part de vérité et une part d'erreur. Je crois en la volonté d'un homme d'être l'apôtre du bien; et dans cette perspective, je ne me permets jamais aucune évaluation volontairement rigide ou pessimiste d'un homme ou d'une situation qui ne découle d'une analyse appropriée des conduites et des poursuites, des manœuvres et des œuvres.

Aucune vérité, aucune logique, aucune philosophie n'est absolue. La contradiction constitue la sagesse même de la pensée humaine. Prêtons ici une pensée de Hume, citée dans Hoy (1983) pour élucider que la raison ne peut et ne doit pas être le prisonnier de nos passions ni ne doit les obéir. Notre raison de dire que Martelly ne répondait pas moralement aux aspirations sociopolitiques haïtiennes est subjective et n'est que le reflet de nos préjugés, goûts et intérêts. Notre hantise de constater à l'évolution de l'humble dans quelque domaine que ce soit – un chef d'orchestre aspirant à être un chef de pays dans ce cas précis - façonne faussement notre idéologie. Ainsi, notre jugement moral d'un prétendu immoral à travers le prisme déformé de nos propres préjugés ne peut se réclamer d'aucune généralité et est donc rejetable. C'est trop souvent notre raison à nous qui prévaut pour ne pas nous contraindre à être subjectifs et relatifs.

Peut-être que certaines des sautes d'humeur de Martelly sont difficilement applaudissables, comme certains de ses collaborateurs peuvent ne pas approuver tout à fait la flambée fantaisiste et anticonformiste de sa personnalité. Mais cette facette bon enfant intrinsèque à lui-même lui revient de droit. Il n'y a que ce qui fait du mal à autrui qui est condamnable. C'est une grande philosophie quant à son interprétation et quant à sa circonspection vis-à-vis du phénomène humain, devenu coqueluche politique appelé Michel Joseph Martelly.

Qui n'aimerait pas savoir son président impeccable, même par moments? Mais impeccable, c'est quoi chez nous ou n'importe où dans le monde quand on voit des hommes sérieux et honnêtes perdent piteusement leur guerre morale? N'y a-t-il pas lieu d'encourager la détente et dérider les mœurs sociopolitiques un peu. Sadate, Khadafi, Sadam Hussein, Jean-Claude Duvalier souriaient difficilement. Durs à cuire, trop concernés ou accablés sous le poids pesant de leurs responsabilités, la plupart des leaders du monde sont plutôt des personnalités renfrognées et se conforment invariablement au mot de l'autre qu'il y a des hommes sur qui les sensations se glissent et s'évaporent rapidement, ceux-là sont les plus heureux. D'autres hommes, telles des éponges, s'imbibent de toutes les eaux sales de la destinée; ils sont forcément les plus malheureux.

Qui ne voudrait pas le président être à l'abri des critiques mesquines propres à emporter cette expérience politique, phénoménale en sa nature et dans les propositions sociales et politiques qu'elle enclenche, dans les urnes de nos disgrâces séculaires. Mais comment un président se met-il jamais à l'abri des critiques chez nous? D'un autre côté, croyons-nous en toute franchise qu'un homme qui chante, danse et fait trépigner les autres n'a rien de fondé à offrir dans l'agencement de la chose nationale ? Pourquoi penser qu'un participant à l'enrichissement et au rayonnement de l'imaginaire haïtien aussi doué que Martelly, qui a d'ailleurs fait preuve de son talent d'administrateur dans l'industrie du spectacle, ne peut pas être un contributeur valable et une figure de proue dans l'avancement de la réalité nationale?

Toute facette d'imaginaire que ce soit la

musique, la peinture ou la sculpture ou la littérature est un atout solide entre les mains d'un système sociopolitique bien structuré. Mais chez nous, qu'est-ce qui donc fournit matière à égard définitif dans notre société ? N'est-ce pas que notre présumé absurde Martelly, épris de bonhomie, est en train de devenir un sage politique dans ses œuvres, tandis que hier la sagesse d'Estimé, de Duvalier, d'Aristide ou de Préval qui leur commandait de réclamer un partage collectif de la richesse nationale équivalait plutôt à la folie. Ils étaient accusés d'être des populistes faux-prophètes, agents de déstabilisation par certains esprits anxieux et confus de notre société.

De quelle faculté de célébrité l'on doit être et à quel degré doit-on faire ses preuves pour être efficace, productif, donc respecté et glorifié avant sa mort sur l'échiquier politique haïtien? À un degré moindre l'intellectuel, tout comme le musicien ou l'athlète ou le cordonnier, est méprisé de son vivant. Le génial Anténor Firmin fut torturé par la bêtise politique, le compétent Estimé, l'un des rares politiciens haïtiens à talent d'administrateur, au sein même de sa compétence administrative, était confondu et son extraordinaire habileté fut réduit à néant. Nemours Jean-Baptiste, Ti Paris, Lumane Casimir finissaient sans le sou, non forcément parce qu'ils étaient sans conduite mais parce que les cadres légal, économique et social ne sont pas structurés pour protéger ceux qui ne répondent pas à certains critères et n'obéissent pas à certains tabous quelles que soient leurs aspirations, nonobstant le degré de dévouement qu'ils mettent à les rendre réalistes.

Boyer, Salomon, Salnave étaient des politiciens

impayables et patriotes émérites; mais, au sein même de leur amabilité patriotique, ils n'étaient pas à l'abri des critiques injustifiées, et de capables et à talent qu'ils étaient, on les avait éreintés jusqu'à les rendre incapables de se prouver pleinement. Leur grandeur historique fut accablée à grands renforts d'humiliants anathèmes. Ainsi, impeccabilité serait une notion hasardeuse et floue en politique. La notion de moralité devient donc un principe rétif, insaisissable, déraisonnable et pourquoi pas immoral puisqu'elle a toujours servi d'armes blanches à double tranchant, de prétexte déviant visant à démoraliser les vrais moraux.

Ayant été à l'école des grands maîtres de ce monde, j'ai tiré prérogative du contenu de leurs matières grises, et de leur sagesse je me suis fait un bagage substantiel. Leurs philosophies, variées dans leur quintessence, m'ont instruit de la nécessité qu'il faut savoir observer les hommes, les connaître pour les comprendre. J'ai le bonheur de comprendre avec Confucius que dans tout homme, il y a l'homme. Et en tant que tel, un homme refuse souvent de n'être plus un enfant, même au faîte de ses accomplissements. Stuart Mill écrit de Bentham 'Il a vécu une longue vie de 85 ans jouissant d'une constitution d'adolescent. Il le restait jusqu'à sa mort' (Strathern, 2002, p.8). Et l'autre pour qui le sérieux d'un homme n'est que la concentration d'un enfant au jeu.

Donc, la bonhomie est inhérente à tout le monde ou au moins à certains Hommes. Ils l'ont dans le sang. Autrement, on est traité de frustré, d'ermite. Aussi, les bontés d'un homme doivent être le témoignage le plus décisif en sa faveur, pas ses faiblesses ou ses enfantillages. Prétendre que le président n'a pas la maturité qu'il faut à cause de sa bonhomie naturelle est une aberration flagrante. Une certaine couche de la société est plus encline à l'accabler sur le compte de ses sautes d'humeur qu'à applaudir au moins ses élans magnanimes vers l'achèvement de sa vision de sauvetage national.

Ayant vu un des nombreux vidéos mettant Martelly et son patriotisme en exergue a redoublé ma confiance en l'homme déterminé à garantir le lever d'un soleil qui s'était couché belle lurette sur le monde politique haïtien et qui fut devenu après le séisme plus désespérant qu'il ne l'ait jamais été. N'est-ce pas que nous croyions et peut-être le monde avec nous que c'était désormais peine perdue, qu'Haïti, la Perle des Antilles, devenue Cendrillon, fut une histoire qui a été. Ce soleil qui, d'ailleurs, ne s'était jamais tout à fait levé sur Haïti pour tous les Haïtiens, pour briller pour tous et nous réchauffer tous fut invité à montrer sa splendeur et sa chaleur à grand renfort de démarches et peut-être de menaces tacites à l'indulgence patriotique. L'endurcissement de ton n'implique pas toujours une certaine propension à faire naître la douleur, mais à conjurer le malheur.

C'est sans doute qu'une intimidation à l'amiable vaut mieux qu'une guerre. Quand Jean-Claude Duvalier a martelé « Pitit tig se tig » c'était mieux pour éviter l'exil en masse survenu par la suite que pour le préconiser. Quand Aristide a choisi le coq comme symbole de sa lutte patriotique, il a simplement voulu insinuer que contrarier ses élans patriotiques c'est le convier à une bataille patriotique, qu'il fut prêt pour la gageure politique propre à nous. L'histoire du monde nous prouve à grands renforts d'exemples que le citoyen qui ne veut pas se départir de sa mission patriotique est toujours prêt à se battre, tout comme un coq provoqué. Dans la grande démocratie américaine, Abraham Lincoln devait arriver jusqu'à la menace pour l'obtention de cet unique vote qui allait lui assurer l'abolition de l'esclavage en 1863, 60 ans après Haïti. Ses promesses de 'se tenir sur terrain neutre', 'd'éviter des extrêmes dangereux' et de tout achever moyennant 'un esprit de compromis' (McPherson, 1991, p.23) ne l'avaient pas pourtant empêché d'endurcir sa position au besoin.

Aujourd'hui Martelly propose le taureau comme symbole de sa croisade à trouver une réponse aux difficultés de la paysannerie haïtienne, aucun esprit angoissé ne devrait y déceler de connotations malfaisantes. Beaucoup de leaders d'Haïti ou d'ailleurs avant Martelly avaient essayé de faire briller le soleil pour tous, mais peu avaient réussi à n'obtenir que des rayons faibles et anodins. Notre soleil ardent avait tout aussi bien brûlé la peau des profiteurs quand empêché de briller pour le reste du pays haïtien. Ses rayons atrophiés par nos éternels magiciens moralement surdoués dans les pratiques discriminatoires devront redoubler de force et brûler jusqu'aux mauvaises consciences s'il est contrarié dans sa volonté de briller pour chaque haïtien ou pour tout être humain qui vit ou qui visite Haïti, peu importe ce que sont les attitudes et les dissimilitudes entre eux.

De toute façon, la question demeure, aujourd'hui encore, plus de deux ans après la victoire au scrutin de ce descendant de *Côtiférois*. Comment est-on immoral dans une pareille conjoncture? La réponse serait, tout représentant politique qui perpètre des actes répréhensibles quant au bien-être de la nation est immoral; d'un autre côté, quand la morale est édification, justice et probité, donc immoralité est carence d'édification, injustice et manque de probité dans ses devoirs d'homme et de citoyen.

Qu'est-ce qu'il y a jusqu'ici de non édifiant, d'injuste et de malhonnête quant aux démarches entreprises par l'homme des chars de carnaval pour enlever notre nation du gouffre affreux d'une misère sans nom et sans poésie. Peut-être les accusations de corruption qui ne sont pas démontrables dans les faits ni capables d'être corroborées par des évidences crédibles. Autrement, était-il condamné à n'être qu'un chef de cambuse musicale, sans aucun espoir de se racheter moralement à travers un sursaut respectable de bonne foi patriotique?

Son insuffisance intellectuelle prétendue, ses débordements marrants, pour incontestables qu'ils soient, sont compensés par ses vertus et principes moraux décrochés sur le harnais national comme un ouvrier intrépide. Aucun individu est condamné à ne pas pouvoir s'améliorer; tout comme Martelly lui-même a tempêté tout au long de sa campagne présidentielle, « *Youn moun ka ne pòv, men pa gen anyen ki di fòk ou mouri pòv* ». Martelly est entrain de se racheter devant Dieu pour ses excès passés et racheter nos manies revêches de manque de solidarité patriotique devant la nation.

En cela, il rejoint Abraham Lincoln sur le grand boulevard de la liberté individuelle, là où liberté signifie poursuite du bonheur. L'illustre émancipateur américain a déclaré.

Nous parlons tous de liberté ; mais tout en utilisant le même mot, nous ne voulons pas dire la même chose. Pour certains, liberté peut signifier que chaque Homme a le droit de disposer de sa vie et du fruit de son travail comme il veut ; tandis que pour d'autres, le même mot peut vouloir dire faire ce qu'on veut d'autres hommes et du fruit de leur travail.

Au plus fort des nombreuses banalités connues, reprochées et reproduites à l'intention de qui veut les voir et commenter, telles que la jupe et le corset de Ti Simone, les insanités verbales sur les podiums du show-business, les refrains épicés et pimentés de vernaculaire écœurant pour certains, rien que pour s'assurer que 'Tout se Martelly' – il faut avouer qu'il était bien moins protocolaire mais bien plus financièrement pragmatique que Nemours Jean-Baptiste.

Ce dernier, sempiternel endimanché et toujours paré de lunettes de soleil, pourrait ne pas avoir eu un enterrement décent si ce n'étaient pour ses fans, ses amis et ce peuple qui n'oublie jamais les bienfaits tout comme les injustices. Nemours doit regretter d'avoir été trop sage ou trop professionnel sur les podiums, un zeste d'indécence çà et là, par-ci par-là aurait laissé du pain sur la grille et la morue au feu doux pour ses enfants. Drôle de réflexion, dure vérité mais constatation indéniable et vérité absolue, trop de droiture est souvent la seule pierre d'achoppement au succès. Le monde n'a jamais été meilleur, et les impuretés l'emportent en tout. Répétons ici que, en bien des circonstances, être correct est l'absolu empêchement au succès.

Gesner Henri, Coupé Cloué était un peu plus

correct dans ses refrains, mais annonçait déjà Martelly dans ses élucubrations jugées déjà un peu trop libertines dans les années 70. Aujourd'hui, depuis la commodité de leur immortalité, Lumane Casimir, Ti Paris, Gérard Dupervil doivent tirer la révérence devant leur confrère vivant devenu président en ces termes : 'Chapeaux bas camarade Sweet Micky. Non seulement, conformément à la résolution du camarade Ansy Dérose, tu as su te faire payer, tu nous fais honneur, par surcroît'. Et Sweet Mickey aurait répondu 'Pas de quoi, frères musiciens. Dans ce dur combat de plaire à notre société par le drôle ou le sérieux, dans le rire ou les pleurs, Nou tout se Martelly '.

Une certaine compréhension de la vérité et de la réalité, vues ensemble et séparément emmène à croire que les petites et grandes bévues humaines, compréhensibles ou incompréhensibles, ont évidemment écorché la renommée morale de Martelly tout en assurant sa présence sur la scène nationale et internationale; il prendra assurément un bon bout de temps sinon pour l'exonérer de ces reproches véniels, mais gommer leurs craquelures profondes demeure une possibilité en attendant. Écrire la plus belle page de sa vie va exiger assurément plus que la présidence, puisque d'autres acabits de détracteurs surgiront sur sa route vers la postérité pour tenter de piéger et d'engouffrer son ascendance historique. Autrement, Michel Martelly scintille au contraire de moralité, quand moralité rencontre la logique de Bentham et Stuart et, dans ce cas précis, signifie voir la misère de ses frères haïtiens de près et se faire leur Providence devant Dieu et leur porte-parole devant les puissances terrestres.

En guise de corroboration à ce principe, 'Est agréable ce qui est utile', Bentham et plus tard Stuart Mill, très en avance sur leur époque, se joignent à Martelly aujourd'hui. S'ils pouvaient revenir à la vie, ils chanteraient bien haut l'utilité de la rhétorique Martelliste. On doit avoir le courage d'agréer qu'il se fait utile dans un enchantement personnel à peine compréhensible.

Quelqu'un qui, en toute évidence, a eu des servantes et garçons de cour toute sa vie, enfourcher la pelle et le grattoir pour aider à l'assainissement de la ville prend plus qu'un homme en mal de vedettariat, mais une volonté farouche de participer au relèvement national et à la construction d'une mentalité haïtienne qui promet des résultats spectaculaires. Si on pouvait ajouter en marge des critiques à son égard qu'il est aussi d'un héroïsme et d'un courage qui instruisent d'exemples, cela rendrait pratique l'assertion de Madiou qu'en politique avant de juger sévèrement, il faut savoir les mobiles qui gouvernent les actions humaines. On ne doit jamais condamner un homme en bloc sans tenir compte des circonstances à la base des intrigues et actions humaines qui l'ont motivé.

Un homme qui désire du changement dans nos pratiques sociopolitiques, aussi brutales qu'elles se sont toujours révélées au bon sens commun est, au contraire, un homme qui désire la paix. Un homme qui désire la paix dans une société est un homme utile et agréable. À ce point de vue aussi, référons-nous une autre fois à Bentham et Mill en agréant avec eux qu'il n'y a que 'les actions qui entraînent de mauvaises actions qui sont mauvaises et celles qui en produisent de bonnes actions sont bonnes'. Ce n'est pas tant le 'tous les moyens sont bons' de Machiavel qui est en apologie ici, mais est bon ce qui fait le bien du plus grand nombre, puisque le bien du plus grand nombre est ultimement au bénéfice de tout le monde sans partialité.

Une philosophie veut qu'il n'y ait aucune gloire dans la vie à vouloir dépasser les autres, mais à vouloir se dépasser dans ses devoirs d'homme. Michel Martelly est philosophe en ce sens qu'il s'évertue à devancer et supplanter Sweet Micky dans la course à vouloir, sinon alléger les misères de l'Homme, mais à opter pour une alternative moins coriace, une épreuve sociale à visage humain assurant ainsi la relève de la pauvreté dans la dignité professée par le petit prêtre des bidonvilles. Il a combattu notre imperfection politique en affichant une anomalie de personnalité qui n'a pas tout à fait blasé son âme mais qui a contribué à fourbir tous les attributs de la générosité, de la dignité personnelle et collective.

La définition simpliste d'immoral, il faut l'avouer, pousse notre fougueux président tout droit au gibet des foncièrement pudibonds ou ceux faussement bien-intentionnés. Un immoral est débauché, vicieux, corrompu, pervers, dissolu, dépravé, nous dit le Thesaurus. En inspectant le subconscient collectif haïtien et universel, armé de la loupe de ma conscience patriotique, tout ce qu'elle observe est la gestation en girouettes affolées des millions d'immoraux inutiles, démentiellement politisés que le monde ait toujours produits et qu'Haïti ait produits depuis 1804. Le Merriam-Webster's Dictionnaire d'école nous dit qu'un immoral est un homme sans noblesse, de ceux-là non plus, 'démagogues assoiffés de pouvoir, des ôte-toi pour que je m'y mets' comme l'autre les avait appelés dans le temps, notre petit monde à nous ne s'en était jamais privés depuis 1804; pourtant, je ne vois rien encore qui soit vraiment dépourvu de noblesse dans les démarches politiques de Martelly pour amorcer la reconstruction, tâche lourde échue à un immoral.

Ses hanches en délire, ses pantalons en berne, ses accoutrements circonstanciels et autres obscénités, faiseuses de foule et d'espèces sonnantes et trébuchantes, pourvoyeuses de pain quotidien, c'est entre Dieu, lui et sa conscience personnelle; mais, « ede pèp », « a ba grangou », « repons peyizan », les inaugurations qui se multiplient au quotidien produisent bien une autre définition de « sans noblesse ». Ici, noblesse de sentiments efface manque de noblesse dans les agissements. Le monde n'a jamais manqué de gens dépourvus de noblesse de sentiments, d'experts en agissements louches et dissimulés jouant les supérieurs en noblesse de caractère.

Certains individus refusent tout simplement de paraître à un titre dérobé jouant aux puritains impénitents tandis qu'ils ne le sont pas. Ils s'expriment et se mettent à découvert, ce que vous voyez est ce que vous obtenez.

Laissant souvent Sweet Micky, le musicien baroudeur et bohême, dans un tiroir pour le retirer, l'épousseter et se l'affubler au besoin, le citoyen-président Martelly ne fait que se débrouiller comme diable en bénitier pour envoyer des millions d'enfants à l'école, prendre l'avion aussi souvent qu'il respire pour partir convaincre les autres que la marchandise avariée que nous sommes devenus est encore valable, faire de son mieux pour au moins aider à enrayer la faim.

Démarches nobles, on doit admettre, sans ambages. Notre civilisation actuelle, quoi qu'elle ne soit pas en état de pourrissement généralisé, ne compte pas beaucoup d'hommes mieux moraux que lui à ces points de vue, non essentiellement parce qu'il donne à manger, mais parce qu'il semble, selon les prescriptions de Coriolan Ardouin, vouloir démontrer qu'il a une âme à donner à nos nombreux malheurs dont la faim qui garrotte les entrailles de nos humbles compatriotes, à longueur de journée, à longueur de la vie, à longueur d'histoire. En fait, à ce propos, la plupart de nous brillent d'immoralité.

Chez nous, nos beaux moraux, noirs ou mulâtres, doivent être en train de piaffer de moralité d'avoir si joliment et si patiemment abêti les descendants, noirs et mulâtres, de ceux-là, noirs et mulâtres, qui avaient fait de nous les premiers noirs et mulâtres libres du monde. C'est dire que le sectarisme d'intérêts personnels, familiaux et claniques a triomphé plus que ne l'a pas pu toujours le clan des exploiteurs de la teinte épidermique. Nos congénères, malheureusement noirs pour la plupart, aujourd'hui crèvent sous nos yeux, à la portée de notre conscience de responsables sans nous égratigner moralement, sans arracher un soupir de commisération de nos poitrines d'airain, et nous sommes d'une façon ou d'une autre de suprêmes moraux diplômés, directeurs de moralité.

En route pour l'aéroport une fois, comme si le ciel avait voulu me fournir une dernière raison, bonne ou mauvaise, pour brusquer mon envol vers le pays des autres, j'ai vu à Port-au-Prince une fillette avec un œil ravagé par une simple infection qu'une poignée de gourdes défraîchies et trouées pouvait avoir guérie à temps. Elle a voulu essuyer mon pare-brise pour mériter quelques centimes de moi, je lui en ai empêché tout en lui allongeant l'aumône convoité. J'ai fait contre mauvaise conscience bon cœur pour ceux-là qui sont virtuellement responsables de son éborgnement précoce sans avoir pu racheter leur propre mauvaise conscience moyennant une poignée de ces gourdes défuntes qui circulent dans nos rues. J'ai pensé qu'il requerrait bien de prières et toute une Artibonite d'eau bénite pour laver les forfaits initiés par la couche dite supérieure contre la petite humanité des humbles

Je m'étais dit que l'immoral Martelly a moralement raison. Toute évaluation de lui et de ses proclamations politiques font de lui un plus moral que la plupart de nous autres intellectuels et technocrates si nous faisions la différence, laquelle existe d'ailleurs, entre la morale philosophique et la morale utilitaire telle qu'établie par Stuart Mill. En vertu de la dernière observation, eu égard à la petite fille borgne, je m'étais dit que nous sommes aussi riches mais plus laids que Crésus. Et en vertu de cette référence déplaisante parmi des centaines de milliers d'autres, nos élites se révèlent doublement amorales pour avoir laissé l'opportunité à un prétendu débauché de sommer au scrutin universel une plèbe désabusée par nos bévues sociopolitiques séculaires.

Martelly est ce prétendu amoral à qui nous avions laissé le très sacré devoir de donner une autre définition et une autre dimension à la notion de moralité, un faiseur de principe, un prédicateur dans un désert politique sourd et aveugle quant aux desiderata et souffrances du plus grand nombre. Ne le trouvons-nous pas, dans cette perspective aussi et surtout, plus disciple des principes utilitaires que beaucoup de nos érudits impénitents en cela qu'il a mis le cap sur le plus grand bien au plus grand nombre et vise ainsi à nous faire la leçon que dans l'engouement à mettre l'accent sur les services publics résident toutes les valeurs de la morale et de la législation.

Sans pourtant pointer personne en particulier du doigt, il faut admettre que nos hommes politiques avaient passé tout à fait à côté de leur obligation patriotique ou simplement humaine. Les va-nu-pieds qui nous avaient conduits vers les sommets grandioses des grandes aspirations libertaires méritaient un bien meilleur pourboire que la crasse héritée de nos mauvaises gestions de l'homme, de la propriété et du patrimoine nationaux. Seulement une poignée de nos leaders, en deux siècles d'histoire, avaient fait du principe républicain du plus grand bien au plus grand nombre un principe politique plutôt qu'un argument fournisseur de voix électorales.

Martelly - après tant d'autres dont nous avions balafré les visages de sang, d'injures et de meurtres de caractères - a mis nos faiblesses à nu devant nous. Il a craché la vérité à nos visages avec un peu de rage souriante et à grand renfort d'indécences, là encore mettant en relief le côté bon enfant que Bentham prescrivait; mais nous la supportons mal, cette vérité. Cette vérité, comme elle doit être, celle qui blesse et qui guérit, l'éternelle vérité qui doit brûler chaque conscience incorrigible d'abord pour cautériser la plaie collective ensuite.

Il a merveilleusement parlé le langage de l'électorat, il a dressé en vernaculaire cinglant et mauvaise posture morale le bilan de la fatalité haïtienne. Les nouveaux va-nu-pieds, éternels volontaires pour la révolution exterminatrice, qui avaient hâte de produire un autre haut-lieu historique avaient eu le bonheur de comprendre son discours guérissant tout comme c'était le cas pour Charlemagne Péralte, pour Duvalier et pour Aristide dans un premier temps. Dans un premier temps, parce que le malheur haïtien, tenace jusque dans les viscères de ses fidèles représentants, constamment tapi à l'ombre du regain d'espoir national, attend patiemment le temps de la revanche pour briser le pont entre l'ange de l'espoir et les brebis confuses. À ce compte, c'est sans surprise que la gloire nationale est sans cesse remise à demain et que le destin collectif demeure si fragile.

De ce qui nous est arrivé avec le temps, ce serait injuste de donner la paternité à un homme au lieu d'en faire une transgression collective, tout comme c'est injuste de taxer d'immoral un homme trop moral pour être vrai, eu égard à la magnitude de la responsabilité historique qu'il endosse. Tout dictionnaire pratique ou utilitaire nous dit notre tort de vouloir condamner à la légère l'élu du 4 avril 2011 basé sur la morale foncièrement chrétienne ou celle nettement religieuse. Tandis que la morale chrétienne se donne un caractère humain, ne condamne pas mais répare spirituellement l'individu, la morale religieuse se fait inflexible, vindicative, méchante par exprès, censure purement et simplement, faisant ainsi fi de la notion de circonstances justificatrices et/ou atténuantes.

N'est-ce pas la morale chrétienne ci-devant

divine qui a nécessité la venue du Christ pour nous racheter. Ce départ de l'un des angles de la Trinité depuis le ciel jusqu'à nous pour se faire homme pour nous sauver de la mort éternelle est un impératif sans cesse existant et sans cesse manifeste. Cette observation de ma part rétablit ma résolution personnelle que Dieu descend sans cesse vers nous par le truchement de certaines âmes auxquelles la mission est confiée de temps en temps, d'une période historique à une autre. La philosophie de Nietzsche ne rencontrera jamais celle divine, et ne convient-il pas de voir une plus grande parcelle de Dieu chez des individus bien ciblés par la Providence tels que Toussaint Louverture et ses consorts chez nous, tels que Abraham Lincoln, Gandhi, l'archevêque Romeo, Mère Theresa etc…de par le monde. Tous ceux-là qui avaient brillé et brillent pour Dieu dans l'immense amphithéâtre humain démentit nettement le nihilisme du philosophe allemand.

N'est-ce pas la morale chrétienne qui a commandé Jésus-Christ à être humain assez pour se montrer familier à des gens que sa condition métaphysique d'extra-terrestre le porterait plutôt à mépriser, à exécrer, à rejeter. Cette morale chrétienne a ouvert les bras de l'Homme-Dieu à Marie de Magdala, possédée de démons(Luc 8 :1-3), à des estropiés, à des voleurs, des assassins, des désespérés 'venez à moi, vous tous qui êtes fatigués, je vous donnerai du repos', à être parmi eux, le charisme le plus largement répandu de tous les temps, à devenir eux 'je viendrai comme un voleur' et à mourir parmi eux, symboliquement crucifié entre deux larrons pour démontrer jusqu'au dernier souffle son refus de démarcation de sa mission de sauver les âmes de l'empoignement du péché et de celui de la mort éternelle.

Peut-être ce serait trop demander à un homme tel que Martelly, baroudeur impénitent, chanteur grotesque de refrains folkloriques, vitupérant à l'excès d'endosser un tel sacerdoce, l'écart moral étant trop immense entre lui et ces précitées figures célestes et terrestres; mais n'a-t-il pas exprimé, à sa façon, une rage pareille en réclamant un peu de bien-être pour les plus humbles, pour les paysans. À ce point de vue, qu'est-ce qui le rend si différent d'Estimé, de Duvalier et d'Aristide. Certains hommes sont nés, non seulement pour se lever, à l'instar de la Providence, plus tôt que le soleil, mais aussi pour avoir le soleil dans la conscience et essayer de le faire irradier au bénéfice du plus grand nombre.

D'ailleurs, cette rage compréhensible telle qu'exprimée par Martelly, s'en prend plus au collectif qu'à l'individuel. Il exige aussi des victimes de l'hécatombe sociopolitique de la patience, du sacrifice et plus d'héroïsmes personnels. Là encore, il rejoint Bentham et la notion d'autosuffisance, de dur labeur pour faire des incapables d'aujourd'hui les hommes honnêtes de demain.

Armé d'une telle philosophie, il ne devait que gagner, non seulement la présidence mais le règne sur la vie. Ce n'est même pas le prétendu immoral Martelly qui a gagné, c'est une réalité prouvée vraiment immorale qui a perdu. Situation concoctée par des immoraux chroniques, dégénérés outre-mesure, extrêmement en retard de phase sur tout itinéraire politique qui serait en accord avec la réalité haïtienne en donnant lieu à une immoralité sociopolitique permanente. Cette incompétence chronique a fourni à Martelly, en termes de ses arguments politiques, une certaine licence d'expression contre laquelle personne ne devait rien pouvoir.

Maintenant, la cabale des petites cliques agitées va se faire un devoir d'essayer de défaire ce qu'elle n'a jamais eu le courage de faire. On va entreprendre de faire en sorte que l'immoralité prétendue découlée de leur immoralité véritable fournisse le prétexte que l'administration de Martelly est dans l'incapacité de produire le résultat escompté, que le chanteur jovial 'l'habitude étant une seconde nature' a plutôt mangé avec consorts le pain qu'il a promis. Empêcher le plan Martelly de marcher comme pour prouver que l'immoralité ne triomphe jamais en politique équivaudrait au cautionnement de l'immoralité chronique telle qu'elle a toujours été, eu égard à la mauvaise gestion et l'escroquerie sociopolitique persistante qui a toujours sévi ici et là. Nous devons nous rendre certainement à l'évidence que toutes les fois on refuse d'apprendre par la logique et le raisonnable, on apprend de force, par le tyrannique et le déraisonnable.

La pensée politique propre à Machiavel, peu importe combien cynique elle est, est toujours de mise. Dans la philosophie politique du secrétaire florentin, on peut parler d'un univers expressément truqué et peuplé d'immoralités politiques triomphantes. Qu'a-t-on vraiment appris de la tragédie classique des anciens reproduite périodiquement par les dramaturges modernes sinon de la cruauté notoire et immortalisée d'une période dure et sanguinaire pourtant rendue glorieuse avec ses Néron, ses Agrippine, ses Césars et ses Pyrrhus pour exprimer l'angoisse des hommes à travers les âges.

N'est-ce pas que la P Respectueuse de Jean-Paul Sartre nous dit mieux du monde et des gens à humbles conditions socioéconomiques mais farcis de plus de grandeur morale incontestable que ses rois et ses reines, tel que Martelly est en train de le prouver non seulement à nous mais au monde entier que les plus humbles dans toutes les facettes de l'existence humaine sont parfois les plus dignes de confiance. Alors, entre le prétendu immoral et le moral frimeur, prenons le ciel pour juge, tout en promettant de taire nos passions et de laisser endormir nos préjugés pour ne pas provoquer la colère du faux moral, c'est une autre façon de dire du vrai immoral. Parfois tout ce dont le monde a besoin est la chaleur d'une poignée de main, l'aumône d'un sourire amical et un « kouman ou ye, ban'm nouvèl ou » farci de bonhomie. De cet altruisme amical, Martelly gâte la plèbe au quotidien et à ras le bol.

L'arrivée de Martelly sur la scène politique haïtienne, non en trombe comme on voudrait le croire mais plutôt avec une patience saccadée, chaque période de carnaval, chaque fête champêtre, chaque piste de danse semblait rallier un autre flot de croyants inconditionnels sous sa bannière. Ainsi, le podium musical fut en même temps un wharf pour l'ancrage économique et le théâtre d'un rêve politique insolite en son essence. Sans relâche, Chaque période de carnaval, chaque fête champêtre avait soumis à notre appréciation sagace et sans cesse étonnée une autre facette de son excentrique personnalité.

Transposons la conception de Touchard(1968) à cet avènement qui jeta nos bien-intentionnés dans la débandade pour le voir comme exorciseur de démons politiques, pacificateur des passions outrées, rassembleur de solitudes amères. L'excentrique habileté de Martelly rend l'irréel plus vrai que le réel, fait de nos rêves des plus vagues, de nos aspirations des plus diffuses, de nos besoins des plus inconscients plus que des déclarations d'impuissance ou des fuites stériles mais un tremplin vers une humanité plus lucide et plus avide de son propre accomplissement.

De tous ces points propres au théâtre touchés par Touchard, lequel n'a-t-il pas été visité par l'épopée de Martelly eu égard à cette mésentente collective haïtienne tout à fait similaire à cette angoisse qui constitue une mésentente entre l'être humain et sa paix intérieure ? N'y a-t-il pas lieu, à la lumière de ces propos reproduits plus haut, de redéfinir l'immoralité chez Martelly dans son rapport avec ses prestations sur scène pour la mettre au diapason avec la visée logique et humaine de sa campagne politique ?

En réalité, personne n'est plus impardonnable qu'un immoral jouant au moral ; mais les peintres de l'âme humaine, l'immortel Molière, pour un, l'immortel fabricant de ses également immortels Tartuffe, Harpagon, Femmes Savantes et Précieuses Ridicules, savait bien que le monde n'a jamais manqué de maniérés à vouloir être ce qu'ils n'ont jamais été ; tout, peut-être, mais non pas moraux d'aucune façon. Ou ont-ils été moraux, et en quoi nos arnaqueurs historiquement ponctuels l'ont-ils été? Nous avons tout un délabrement national à prouver leur haut degré de moralité. Cette compréhension de la notion de moralité, par eux, est vraiment excentrique.

Martelly demeure aussi très moral dans la perception et l'affirmation de son nationalisme. Vu l'état de fortune économique auquel il est parvenu à coups de hanches, les hanches ne mentent jamais diraient Shakira et Wyclef, il aurait pu choisir la terre étrangère pour résidence et fermer ses yeux, son cœur, son âme et sa conscience sur les malheurs d'Haïti. Il a préféré donner son adhésion et se conformer aux prescriptions de René de Chateaubriand 'heureux ceux qui n'ont jamais vu la fumée des fêtes des étrangers et qui ne se sont assis qu'aux festins de leurs pères'.

L'élu du 4 avril a fait de même couler beaucoup d'encre et de salive dans le rang des religieux de toutes les dénominations eu égard à ses prestations physiques sur scène. Ses emportements de chanteur aux refrains stupéfiants, taquins et délibérément provocateurs n'ont pas manqué de provoquer la hargne des religieux incapables d'indulgence. Si, au préalable, le venin du chanteur visant les régimes politiques de l'heure, amusait secrètement cette catégorie de notre société, une fois que les jeux étaient faits, que l'on s'était débarrassé avec fracas des leaders non voulus (Aristide) ou (Bazin), les priorités avaient changé. Sa loquacité enchanteresse au sommet de sa popularité avait triomphé aux dépens de ces régimes politiques, il était donc en passe de devenir le successeur potentiel de ceux-là qu'il aidait à détrôner par son dynamisme engagé. Alors, nos judas moyens changèrent leurs fusils d'épaules et voulurent vendre celui qui proclamait nouvellement notre progression nationale pour bien moins que trente deniers.

Lui ne pouvait qu'être l'instrument du scandale qui devait arriver pour se débarrasser des jugés incongrus politiques, pas question qu'il deviendrait l'héritier des chutes politiques qu'il a provoquées en partie. Maintenant les catégories religieuses ayant vu un scandale en son ascension politique, voudraient plutôt le conspuer, faussement armées de la menace biblique 'malheur à celui par qui le scandale arrive' (Matthieu 18 :7). Ainsi, les adeptes de certaines dénominations religieuses s'étaient dressés en mécontents et s'étaient opposés avec une apostrophe verbale dont la virulence fut proportionnelle à celle de ceux-là qui, par le passé, voyaient des hérétiques dans les disciples de Jésus-Christ.

Conformément au mot de Bossuet que 'l'hérésie n'est que le fait d'avoir des idées personnelles' le discours politique de Martelly tout comme son comportement était devenu carrément hérétique parce qu'il était le seul à choisir de se faire un nom politique de manières aussi triviales, ayant fait fi des tabous persistants. Dans sa logique, c'était 'maintenant ou jamais, ma façon ou rien, à prendre ou à laisser et gagner maintenant ou renoncer pour de bon'.

Le ci-devant opposant numéro un, secrètement adulé par les élites et foules religieuses, Martelly devint sur coup le nouveau hérétique pour avoir été trop décolleté dans le temps. Certains œcuméniques qui esquissaient souvent un rictus d'agrément aux refrains épicés de Sweet Micky contre Aristide ou contre Bazin étaient devenus blêmes et arborant une mine renfrognée à la réalité humiliante que le maçon s'était prouvé capable de victoire au pied du mur politique et qu'être un constituant sous la tutelle légale du débauché devint désormais un fait, non seulement un souhait, la cabale s'agita.   Les secteurs mortifiés se rappelèrent soudainement qu'il était comme un vermisseau géant pris dans les cendres chaudes sur les chars de carnaval, et que ses reins voltigeaient en des spasmes écœurants d'un côté à l'autre de son corps souvent à demi nu.

C'est compréhensible qu'un chrétien trouve certaines attitudes équivoques et immorales. Mais, essayons ici de comprendre à l'amiable le phénomène Martelly sans une guerre verbale de religion. Les critères de jugements contre lui, l'artiste « mondain », tenaient-ils pour quelqu'un qui ne donnait pas sa foi à une religion bien déterminée. Ou bien la religion avait-elle tout à fait droit de citer dans ce dualisme angoissant entre un homme et un caractère, disons mieux entre son caractère quotidien dans sa vie privée et son caractère sur scène. Dans ce duel corsé Joseph Michel Martelly versus Sweet Micky, la croix, pourquoi pas elle aussi et surtout, était devenue aussi vitupérant et aussi impardonnable qu'au temps où elle avait réclamé la tête du Messie au Golgotha.

Laissons parler la raison un moment, la raison humaine bien entendu qui ne sera jamais la raison céleste dans l'évaluation des choses terrestres. Ne la limitons pas non plus, cette raison, à ne vouloir être que la raison chrétienne au lieu d'être plutôt la raison philosophique universelle. Une telle singularité sociale si décisive en sa substance doit être analysée de façon systématique sans se verser dans un fanatisme mal à propos.

Un chrétien ne va pas au carnaval, un chrétien ne fait pas de tours de reins sordides, point barre. « N'aimez point le monde ni les choses qui sont de ce monde » (1 Jean 2 :15) déclare le livre de Dieu avec une péremption proportionnelle à la solennité de ses préceptes généraux. En un mot, les comportements équivoques du chanteur propulsé au devant de la scène politique consistant en tours de reins, déguisements fastidieux, dont l'accoutrement de Ti Simone et les propos ronflants derrière le microphone revêtaient-ils des connotations hérétiques contre la morale séculière ou contre la morale chrétienne? Péchaient-ils contre le temporel aussi ou exclusivement contre le spirituel ? Certains individus voient des tours de reins, gloussent et gigotent intérieurement, mais n'applaudissent pas. Ô la tartufferie humaine. D'autres se font verbalement vindicatifs.

Plus loin, dans le même passage, le verset 17 nous dit : ' Et le monde passe et sa convoitise aussi ; mais celui qui fait la volonté de Dieu demeure éternellement'. À défaut de pouvoir prétendre que Martelly a droit à la vie éternelle avant sa profession de foi personnelle par-devant le tribunal divin, serait-il blasphématoire de se demander s'il n'y avait pas au moins une portion ou toute la volonté de Dieu dans sa croisade vers la présidence d'un pays détruit par la volonté humaine. La prétention à pouvoir renverser cet ordre de choses déshumanisant qu'était devenue et est encore la survie quotidienne en Haïti était-elle une résolution spécifique à Martelly? Martelly ne serait-il blâmable et irrémédiablement condamnable qu'à nos yeux et qu'à nos goûts ? Pour ne pas nous verser dans la démagogie et le fanatisme religieux, laissons à Dieu, lui le juge suprême, le privilège de toute réponse à cette interrogation.

Reformulons l'interrogation d'avant pour ample compréhension. L'accoutrement de Ti Simone et les propos malsains derrière le microphone revêtaient-ils des connotations hérétiques contre les principautés terrestres ou contre celles célestes ? La réponse logique serait contre les deux ; mais à bien considérer, de telles données n'avaient jamais prévalu et aucun standard n'était fixé à ce propos en vue de déceler ce qui peut strictement porter atteinte à sa possibilité de briguer la fonction publique et de devenir un bon président, par exemple. La morale séculière ne condamne nullement se basant sur les mêmes critères que la morale chrétienne.

Bill Clinton devait répondre à une pareille allégation mettant en question infidélité contre service public au cours de sa campagne vers la présidence Américaine dans le New-Jersey. Il devait élucider aux attentions de l'interrogateur et de l'audience qu'il est possible à un homme infidèle d'être un grand président et qu'il y a une énorme différence entre ce qu'un homme éprouve en tant qu'homme privé et ce qu'il fait en tant que figure publique. Tandis que pareille réponse pourrait paraître authentique à la morale séculière, elle ne tient nullement contre la morale religieuse.

Un certain secteur de l'Église Catholique a digéré de fort mauvaise façon l'accession d'Aristide au timon des affaires nationales, et leur argument était qu'un prêtre ne devrait pas accepter le pouvoir politique. Ce équivaudrait à dire que Dieu ne se mêle pas de la politique. Pourtant la Bible elle-même pullule de célèbres figures politiques, David et Salomon par exemple, et Joseph vendu par ses frères puis devenu chef en Egypte et Moise sauvé du Nil pour devenir Prince dans la cour de Pharaon. Dieu, simplement, a en horreur les pratiques politiques malhonnêtes et s'érige toujours en Justicier Suprême contre toutes les manières d'abus d'autorité.

Par conséquent, essayer de convaincre le chrétien que Martelly, au sein même de ses comportements équivoques, mérite le bénéfice du doute et ne serait pas si condamnable serait de se jeter dans une mauvaise bataille en partant sans issue. L'essentiel c'est de laisser Dieu convaincre le monde de la légitimité de la présidence de Martelly ou de sa gratuité. L'argument que Martelly est en train de travailler pour Dieu quand il fait de son mieux pour enlever le spécimen haïtien dans la misère abjecte ne convaincrait jamais le religieux impénitent, fanatisé jusqu'aux viscères de la légitimité d'un tel état de pensée.

La prétention que Martelly n'est pas chrétien n'élucidera pas le problème ni n'est sa solution. Souhaitant qu'il devienne un disciple authentique de Christ serait une meilleure alternative car ce jour-là, Haïti sera un coin digne de vivre comme des enfants de Dieu. Tout païen qu'il est, il rend Dieu vivant et réel par ses démarches pour donner finalement un commencement de décente humanité à l'arrière-pays haïtien et aux faubourgs. Dieu saura pardonner les coups de hanches de celui qui se démène à donner jusqu'à une identité à l'Haïtien jusque-là dépourvu d'un acte de naissance.

Nous disions bien que Dieu se mêle de la politique. Les pages bibliques regorgent d'exemples de serviteurs de Dieu politiciens et meneurs d'hommes. En quoi la politique en ces temps-là diffère de la politique moderne, en vertu de la définition même de la politique qui ne consiste qu'en 'une philosophie, une théorie, un programme et une pratique'. De toute évidence si la religion ne s'immisçait pas de la politique, en quoi alors son expression serait-elle utile à condamner l'indolence des plus forts à l'égard des plus faibles, des plus totalitaires contre les plus vulnérables et de s'assurer que la raison du plus fort n'est pas toujours celle qui prévaut? Une certaine autorité morale, découlée préférablement de la résolution divine, doit exister à la base des rapports humains, sinon il faudrait l'inventer.

Certaines des meilleures figures politiques de tous les temps étaient des prêtres, des religieux, des hommes d'église qui devaient faire face à des dilemmes séculiers et parvenir parfois à des décisions extrêmement déplaisantes quant à leur piété religieuse. Quand Jimmy Carter, par exemple, connu pour sa foi protestante, a pris la décision grave du raid sur Iran pour faire pression sur les Iraniens en vue d'obtenir la libération des otages, était-il devenu soudain moins enfant de Dieu qu'il le serait s'il fermait ses oreilles et les yeux de sa conscience en laissant les otages à leur sort. L'archevêque Romero du San Salvador, qui avait même prédit sa mort dans son propos 'ma mort viendra comme une surprise' avait-il eu tort de se verser dans le sacerdoce religieux et être une voix en politique ?

Et que dirait une Mère Theresa qui, elle aussi, avait connu des moments difficiles dans ses œuvres humanitaires pour convaincre les autorités politiques de Calcutta qu'elle faisait une œuvre humanitaire selon la volonté de Dieu. En un mot, il est permis à la religion de s'immiscer dans les affaires politiques au nom d'une certaine foi en Dieu. Aristide, ne n'entonnait-il pas toujours dans ses services religieux à Saint-Jean Bosco que nous devions servir un Dieu vivant.

En quelle perspective cette discussion intéresserait-t-elle l'affaire Martelly ? En d'autres mots, la hargne des religieux était-elle justifiée ou se devait-elle être la même pour quelqu'un qui veut devenir président ou pour un quelconque adepte de n'importe quelle dénomination religieuse qui aurait arboré un comportement similaire ? Doit-on être puritain généralement parlant, à défaut d'être d'une dénomination spécifique, pour devenir président de tous les haïtiens ? Pour un protestant par exemple, tout en privant la question de sa saveur œcuménique, doit-il voir Martelly et son odyssée politique à travers un prisme foncièrement impardonnable eu égard à sa foi chrétienne, comme si l'attitude reprochée au chanteur était venue d'un homologue protestant?

Quel est le point de démarcation entre vice et vertu dans le comportement d'un homme à travers le prisme de la religion? Sollicitons ici l'appui de Hume cité par Paul Strathern 'La distinction entre vice et vertu n'est pas fondée tout à fait sur des relations objectives ni n'est perçue par la raison'.

Pour Strathern, et en la perspective qui nous concerne, la moralité n'est qu'une question de sentiments et d'émotions. Et Mill de concourir à solidifier cet argument en ces termes 'Je regarde l'utilité comme la logique ultime à toutes les questions morales'. En un mot, certains comportements jugés équivoques chez Martelly étaient conformes à la morale philosophique sans l'être pour la morale religieuse. Sur certains comportements, le religieux simplement ferme ses yeux sans les approuver, tout empêtré qu'il est dans ce dualisme flagrant entre la logique utilitaire et celle pieuse.

L'opinion à convoquer ici se trouve hermétiquement fermé dans le contexte culturel religieux, tel que connu et exercé chez nous, ce qui est permis à un adepte catholique n'est pas permis à un adepte de la religion baptiste. Quoique sa définition soit attribuée à la pureté selon la traduction grecque, la religion catholique, sans vouloir le croire, est toujours perçue comme beaucoup plus libérale. Basé sur une telle perspective, Martelly était-il autant fautif aux yeux d'un catholique qu'il l'était à ceux d'un protestant. En toute apparence, non et le pourcentage catholique romain de l'électorat ne se serait pas offusqué outre-mesure par son comportement et le verrait mériter son vote de toute façon.

De la part d'un catholique, peut-être un rictus grimaçant serait la plus sévère posture de reniement contre l'homme qui pousse la charrue nationale vers une direction apparemment prometteuse et porteuse d'espoir. Sur son crâne rasé semble s'assoir confortablement le pot-au-lait du devenir haïtien. Du moins, on l'espère. Serait-il raisonnable de laisser un doute religieux qui, pourtant, n'aurait rien à voir avec la morale spirituelle planer avec perfidie sur nos malheurs, escamotant ainsi nos rêves, et accablant la nouvelle expérience haïtienne ?

La Providence des humbles serait-t-elle absente et étrangère à cet avènement qui laisse transpercer une lueur d'espoir et présager qu'une goutte de bien-être est en couture pour une nation de tout temps vilipendée où la raison a fréquemment fait preuve d'une impuissance sinon d'une vulnérabilité subjective. À l'instar de Simon le pêcheur à qui Jésus-Christ promit 'désormais, tu seras pêcheur d'hommes' (Luc 5 :10), l'homme de Nazareth n'aurait-il pas mêmement murmuré aux oreilles de la conscience de Martelly, même en sommeil 'réveille-toi, chanteur et danseur impénitent, vendeur de plaisir, que je te donne une mission sacrée, que je te fasse bienfaiteur de l'humanité, exorciseur de nation'. La divinité emploie toujours ceux-là qu'on croit fauteurs de troubles, inférieurs et incapables pour endosser les épreuves sublimes et par cela justifier leur sacerdoce à travers des faveurs divines. De l'immolé du Golghota lui-même les juifs ne disaient-ils pas, « quoi de sérieux sortirait de Nazareth, de toute façon » ?

Ainsi, prétendre que Martelly ne devrait pas être président à cause de tel ou tel comportement paraîtrait dérisoire et non advenu pour un autre secteur de l'électorat, et l'argument qu'il n'est pas présidentiable et ne devrait pas être président est logiquement négatif et dépassé. Laissons à Dieu la prérogative du jugement expiatoire et celle de l'assainissement des adhésions quant à la nécessité de l'avènement du Martellisme.

De toute façon, il y a toujours eu une différence notoire entre ce que la vérité proclame et ce que la réalité réclame. La vérité, c'est que Martelly était tout feu tout flamme sur le podium musical, la réalité c'est qu'un peuple poussé jusqu'aux limites extrêmes de l'endurance humaine donnait feu vert à ses injonctions jubilatoires et l'avait déposé à cor et à cri sur le podium plébiscitaire, propre assez pour la présidence tout en disant par sa bouche« Sak pa kontan anbake ». C'était comme la réitération des cris de guerre d'avant 1804, d'avant 1957 et d'avant 1991'pa gen manman, pa gen papa, pa gen espwa, pa gen pouvwa sa ki mouri za fè a yo ».

N'y a-t-il pas lieu de prétendre que les agissements anathématisés de Martelly ont été pris en sandwich entre la voix du peuple et la voix de Dieu ? Un hybride compromis politique fut atteint entre le spirituel et le temporel, et le fils de l'Homme avec sa 'langue comme une épée aigue à deux tranchants' (Apocalypse 1 :16) avait donné son adhésion toute céleste à l'homme armé de l'orgue et du micro pour le bien-être d'Haïti et de celui de tous les Haïtiens ? Sans essayer tout à fait d'expliquer le mondain par le divin ou le divin par le mondain, pourquoi pas d'ailleurs, le tonnerre politique que Martelly avait provoqué n'équivalait-il pas, pour paraphraser Apocalypse 19 :11-15, à l'irascibilité de 'Fidèle et Véritable, l'homme au cheval blanc sorti du ciel au nom de la justice pour fouler la cuve de vin trop fort de nos politiciens grivois et de nos élites absurdes de l'ardente colère du Dieu Tout-puissant'.

En toute apparence, Martelly n'est-il pas en train de démontrer qu'il a été confié une mission salvatrice, celle de relever le prestige de l'Homme haïtien de tout poil, de tout acabit et de toutes orientations politiques ou religieuses. Dans de pareilles circonstances, ne convient-il pas de juger avec circonspection, de laisser Dieu être l'évaluateur suprême et dire que tous ses moyens sont bons et salutaires. Quand le Créateur a prononcé, À moi la vengeance ! À moi la rétribution ! Ne voulait-il pas dire de même À moi le droit et le pouvoir de choisir le chemin de la délivrance si ce n'était le plus approprié, mais le plus convenable. Dieu met à l'épreuve de la façon la plus inattendue et trouve ses héros là où il veut les trouver.

Le plus surprenant est qu'en toute évidence l'avènement de l'immoralité au pouvoir sied bien à la moralité de la reconstruction qui s'était imposée à nous dans toute la force de son autoritarisme pragmatique par le truchement d'un autre coup dur de la nature. Le séisme a parlé, il fallait tout changer parce que, 'veut ou veut pas, l'enterrement d'Haïti était pour quatre heures ' en vertu des statistiques connues. Au lendemain même de son investiture, Martelly a enfourché ses bottes de construction et la chevauchée à travers monts, collines et autoroutes continue bel et bien aujourd'hui, joignant les actes à la parole, la concrétisation aux promesses, graduellement mais impérativement, essayant de retarder l'ultimatum de quatre heures.

Servi bien par ce qu'il restait des chantiers de reconstruction mis plus tôt en branle par l'administration de Préval, il est comme pris d'une fièvre d'inauguration et de lancements de projets à brûle-pourpoint, comme récupérant le temps perdu, comme s'adonnant à ces œuvres-là que sa carence en carrière politique l'en avait faussé. La morale et la moralité de la reconstruction exigeaient sa fougue et celle de nous tous, mais la notion de « nous tous » ne paie pas toujours la facture nationale et ne rencontre pas tout à fait la logique de sa propre fougue.

La morale de la reconstruction ne serait autre que ce sens de devoir humain qui rend agissante sa nécessité, tandis que sa moralité ne serait autre que les vertus citoyennes et humaines qui animent les acteurs de chez nous ou d'ailleurs qui veillent, sommeillent et se réveillent au chevet de la convalescence de notre beau petit pays, beau en dépit de toutes les ennuyeuses apparences et opinions.

Durant un séjour en Haïti en juillet de l'an 2009, j'ai observé une cruauté affreuse s'installer à quelques pieds carrés, presque à l'ombre des bâtiments logeant les bureaux des grands commis de l'état. En vérité, j'ai dû bien fermer mes yeux à certains points de mon périple vers Jacmel depuis l'Aéroport Toussaint Louverture. J'ai fermé mes yeux soit pour absorber l'immensité du malheur haïtien, soit pour juguler l'ampleur de ce cauchemar que le tableau infâme allait imprimer sur mon subconscient pour des mois à venir. Lors, entre Port-au-prince et Léogane était bien l'enfer des hommes. Le refrain populaire 'Il n'y a rien de ce genre à Léogane' interprété d'ailleurs par Sweet Micky devait être repensé comme 'On trouve cela seulement à Léogane' tant Léogane, malgré ses propres embarras, était devenu une ligne de démarcation salvatrice entre l'Ouest et le Sud d'Haïti. En route vers le Sud, on ne reprenait souvent souffle quand ayant atteint Léogane.

Un environnement dégradé au point de non-réparation, lequel ne laissait voir aucun lien possible, aucune approche même imaginaire à l'explication de ce pourrissement cinglant survenu entre l'agréablement vivable que c'était encore dans les années 1980 et le désastre d'un quart de siècle plus tard qui s'offrait à mes yeux. Comment était-ce faisable, me questionnai-je en secret, que les intempéries de mauvaise gestion et d'indifférence citoyenne fussent plus désastreuses que l'ensemble conjugué de toutes les intempéries naturelles qui nous avaient frappées jusque-là? J'ai franchement été pétrifié par la piètre performance, pas tout à fait des hommes au pouvoir, mais de l'Homme haïtien à l'égard de l'autre Homme haïtien.

Entre-temps le séisme de 2010 donna un coup de main au coup de grâce politique vers ce qui semblait lors une désolation irréversible qui commanderait une refonte péremptoire, la seule possibilité d'existence qui nous restait d'ailleurs. Il n'y avait pas grand-chose à rapiécer. La refonte fut imminente, le délabrement généralisé avait fait mains basses sur la ci-devant Perle des Antilles et enleva toutes les espérances dignes du vingt-et-unième siècle.

S'il est difficile pour un homme au pouvoir assis comme au haut d'une tour d'être un homme d'actions, le citoyen de tous les jours devrait pouvoir être au moins une main secourable pour Haïti et pour l'autre haïtien à tous les points de vue. L'entraide se doit d'être une notion beaucoup plus manifeste. Et cette solidarité pourrait avoir été aussi simple que planter une fleur ou un arbre, balayer et arroser devant sa maison ou une nouvelle couche de peinture pour une saison de fête. Mais tout un chacun restait bouche bée, digérant le délaissement généralisé.

Ainsi, la vie à l'haïtienne se dégradait par compte-gouttes, avec une lenteur mesurée se transformant en un cauchemar collectif devant la consciente indolente de chaque haïtien. À un certain point, le déficit de la pensée, dû à la mauvaise politique, était si total et si palpable que ce fut vraiment l'argent qui manquait le moins. Tout l'or du Pérou semblerait impuissant à donner un peu de lustre aux dégâts constatés sur l'environnement.

Il avait fallu les moyens forts, et la nature a été

utilitariste assez pour nous montrer le chemin le plus court et la mesure la plus radicale, une catastrophe épouvantable au service des dommages irréparables, vers une résolution collective nationale, j'ai peur ou honte de dire universelle. Mais quand l'expérience humaine est en danger, l'humain doit pouvoir voler au secours de l'humain, le cœur humain doit être le pont qui mène l'humain vers l'humain, quelles que soient les attitudes et les dissimilitudes. Le séisme du 12 janvier 2010, devenu aussi spécifique à Haïti à travers les dégâts causés, allait pointer d'un doigt sévère le cauchemar haïtien, né de la politique malhonnête à tous les égoïsmes et à toutes les consciences égarées et abêties par des préjugés humains injustifiés.

Maintenant, même notre président fait du remue-ménage écologique. Où était tout le monde avant? Avec un brin de solidarité quotidienne, il n'en arriverait pas là. N'est-ce pas que c'est pour la première fois de notre histoire qu'un président entreprend d'assumer ce rôle solidaire, destructeur de prestige selon nos standards pour être parmi la foule constamment et leur allonger une main secourable directe sans intermédiaire. Relation spontanée, yeux dans les yeux, cœur dans le cœur assurément, presque chaque jour et partout chez nous ou ailleurs ou il y a âmes haïtiennes qui vivent, à la Saline comme à Surinam, dans nos villes de province comme à Eastern Parkway ou à tous les Little Haïti de ce bas monde.

Le déclin constaté était agressif aux yeux et agressant quant à la morale, la fin inévitable, la démission générale, le sauve-qui-peut imminent. Pour un instant, les concepts d'existence de services publics et vertus citoyennes s'évadèrent nettement de ma capacité de comprendre et d'expliquer les phénomènes vitaux. Et certains parlaient encore de nationalisme; ce qui a rendu définitif mon agrément au mot que 'le nationalisme est la plus efficace de toutes les inventions politiques', et j'ajouterais la plus déloyale selon toutes les statistiques. Il fallait l'agressivité verbale et l'incongruité circonstancielle de Martelly pour un nouveau coup de balai nationaliste. La sagesse de Préval ne pouvait pas prévaloir avec autant d'efficacité.

Je n'ai pas su pourquoi ce refus agissant chez moi de contempler la scène fatidique qui s'étalait devant mes yeux, taquinant ma conscience, je n'ai simplement pas voulu voir l'indécence de ce déficit de la pensée politique et sociale de mes frères et sœurs haïtiens. Je refusais que mes yeux deviennent une fenêtre ouverte sur le malheur qui accablait mon pays d'origine autant qu'il tardait à succomber. Il y avait jusqu'à un certain manque d'imagination chez nous, dû peut-être à l'atrophie de ces sentiments supérieurs qui animaient l'Haïtien d'avant. Vertu qui est devenue peu commune de nos jours mais instamment nécessaire à la galvanisation des intentions patriotiques. Ou était-ce simplement cette carence qui nous minait?

Je m'étais rendu à l'évidence que non. Il devait y avoir quelque chose d'autre, une sorte de punition pérenne inscrite dans les décrets éternels. 'L'Haïtien est trop fier', disait-on dans le temps. Péché mortel contre certaines principautés terrestres, motif d'envie qui déclenche la haine et l'enfer chez d'autres. Le spécimen haïtien devait être diminué, coûte que coûte. Le forfait étant consommé, l'Haïtien n'est pas du tout digne dorénavant, devait-on dire lors. Motif de pitié qui engendre le mépris ou de mépris qui engendre la pitié. Franchement, certains hommes ne devraient pas être des passagers sur terre. L'humanité de tous les temps a trop besoin d'eux et souffre terriblement de leur absence.

En tout cas, pas Anténor Firmin, cerveau immense au service de la patrie et de la race, pas Jacques Roumain, défenseur attitré de l'arrière-pays haïtien, pas Maurice Sixto fabuleux dénonciateur de nos travers, parmi des dizaines, des centaines d'autres de si grands représentants de la réalité et de l'imaginaire haïtiens. Certaines disparitions ont simplement déclenché la revanche des handicapés de tout ordre et de tout acabit. On dirait que la médiocrité attendait patiemment leur trépas derrière la porte du destin national pour entrer avec douceur d'abord et prendre possession des lieux avec fracas ensuite.

Et puis, il nous a fallu quelqu'un au dos duquel nous avons collé l'étiquette d'immoral pour nous poindre du doigt d'un doigt arrogant et dissolu notre immoralité séculaire. Revanche sourde de la Providence, et pour abattre nos manies d'assassinat de caractère, elle nous a envoyé quelqu'un qui a déjà détruit son propre caractère, qui s'était donné le coup moralement mortel. Martelly s'était cloué sur le bois de la bêtise glorifiée par le truchement d'une extravagance musicale, des déhanchements, déguisements et autres obscénités imaginables et inimaginables.

Il ne reste à la cabale antagonique plus rien à dire de Martelly. Il s'était préalablement mis à nu devant le tribunal totalitaire. Le reste est connu avant d'être fait, déjà vu, déjà entendu. Il a été président de son groupe et du 'compas direct', on l'a fait président de la nation. Il va falloir être président pendant son mandat. Il devrait nous dire à l'instar de Soulouque, bonhomme Coachi 'Ne pensez pas pouvoir me changer à volonté comme une chemise salie dans vos rouages politiques perfides '.Je l'entends sermonner tacitement dans l'intimité de sa conscience : « Laissez-moi aider le peuple qui m'a voté à crier à bas la misère. Laissez-moi envoyer leurs enfants à l'école pour qu'ils aient un brin d'intelligence pratique, pour qu'ils se respectent, pour qu'ils respectent, et pour qu'ils soient respectés par les autres. Laissez-moi travailler pour une Haïti régénérée, sensible et compréhensive pour tout le monde sans distinction ». S'il ajoutait « Et ceux-là qui entendent m'en empêcher tant pis pour eux, et que le diable les emporte », ce serait un beau discours tout aussi bien.

De toute façon, l'objectif nouveau, à l'heure Martelly et préférablement après l'heure Martelly aussi, ce n'est pas tant de pleurnicher sur hier, mais anticiper demain avec lucidité. Néanmoins, si nous voulions faire la paix avec notre conscience collective, si nous voulions exorciser pour de bon ce mal qui était devenu propre à nous autres, nos manœuvres pour la reconstruction et du pain quotidien qu'elle promet de mettre sur la planche devraient faire appel à deux principes fondamentaux qui mettent en exergue le concept de respect de la personne humaine.

Il est de relevance en tout premier lieu d'envisager la reconstruction avec l'humain en tête quel que soit son rang social, son appartenance ethnique, son niveau d'éducation, sa couleur de peau. Cette prise en main de l'Homme haïtien doit se faire moyennant le degré de sa contribution soit à la gestion, soit à la maintenance de la chose publique et de la propriété privée. L'individu haïtien dans sa généralité, c'est-á-dire á quelque niveau qu'il soit, est à refaire et à rééduquer, la plupart à partir de rien. C'est un individu qui a perdu tout espoir et qui a perdu toute confiance. Il faudrait remonter jusqu'à l'époque coloniale, jusqu'à l'indépendance et les rages qu'elle a provoquées pour exposer les sillons de ces dommages et leur magnitude pour comprendre la profondeur des cicatrices observées et les dommages spirituels qu'ils avaient causés.

La mise d'Haïti sur le banc international des accusés avait fait perdre espoir à tout le monde, mais c'était pire pour ceux-là qui n'étaient pas vus comme des êtres humains en tout premier lieu. Faisons-nous un devoir de nous rappeler le fameux mot de l'érudit américain Everton. 'Les embargos de 1806 décrétés par Jefferson a, non seulement, détruit l'économie Haïtienne, il mit aussi une ancre lourde sur le bateau démocratique en créant une telle difficulté que les Haïtiens avaient fini par perdre foi en leur nouvelle République'.

Donc, il est imminent maintenant de les construire, car aujourd'hui encore, ils sont loin d'avoir atteint la plénitude de leur humanité. Il suffit de traverser la rivière ou le pont minable qui mène vers l'autre bord en certaines régions d'Haïti pour tomber d'emblée dans le monde des mutilés sociopolitiques. Un univers sans eau potable, sans électricité, sans salubrité de base, sans amusements quotidiens, donc sans vie s'offre à nous ou à l'œil d'une conscience collective qui ne voit rien qui vaille. Autre que les bontés de la nature, l'Homme de l'arrière-pays haïtien est sans secours ;

donc, il suffit que la nature éternue pour qu'il meure de coqueluche. Nos moraux diplômés crient faillite spirituelle, indigence morale quant à les voir, regarder leur misère de près et partager une certaine âme haïtienne qu'ils auraient avec eux.

Pourvu que quelqu'un soit obligé de vivre en Haïti ou visiter Haïti pour un séjour bref ou prolongé, il doit faire d'entrer de jeu l'objet de la planification globale visant au bonheur de l'Homme ou à l'amélioration du niveau de vie de l'Homme entreprise par l'équipe en fonction à cette fin. Le visiteur tout comme l'autochtone doit porter les souliers de l'Haïtien. Le paysan haïtien doit être plus que celui qui prend la corde de la monture du touriste en route vers la Citadelle, celui qui cueille le cocotier, l'épluche et l'offre à notre soif. La paysanne doit cesser d'être les mains calleuses qui préparent le griot et les bananes pesées. Sans une reconsidération de l'arrière-pays haïtien l'échec est certain et notre condition moyenâgeuse persistera un peu plus longtemps. Cela ne devrait pas faire du bien à l'Haïtien vivant commodément de se savoir passer moralement aux peignes fins par l'étranger et être jugé par le touriste d'être un Brutus qui dort pendant que Rome brûle.

Martelly a mis le cap en tout premier chef sur l'éducation fondamentale, démarche méritoire. Et au cours d'un débat, il a lancé un défi de réponse péremptoire à Madame Manigat. 'Vous êtes une Professeure d'Université, je ne suis qu'un chef d'orchestre. Je ne devrais pas être celui qui parle d'école obligatoire pour les adolescents'. Cette logique fut à la fois symbolique, sensationnelle et sensée. Elle n'avait pas visé à embarrasser la candidate en particulier mais à interroger la mauvaise foi de tout un système, d'une mentalité toute séculaire. En cette perspective de la Renaissance Haïtienne, le bon exemple doit sortir d'en haut. Souhaitons que la jeunesse soit en un état réceptif à cet appel magnanime au bénéfice de l'éducation et que toutes les volontés désintéressées soient mobilisées pour rencontrer à mi-chemin la logique du président et du citoyen, du citoyen plus que du président.

Et quant à cet enthousiasme envers l'éducation en masse des enfants, Martelly et ses conseillers devaient assurément avoir consulté la traduction de la République de Platon par Baccou (1966)'Toute réforme sociale doit s'appuyer sur une action éducative entreprise dès l'aube même de la vie, alors que l'âme, encore pure et malléable, peut être façonnée sur le modèle de la vertu'.

Martelly comprend plus loin avec Walsh(1983) que sans une éducation au moins fondamentale, le citoyen est dépourvu de la formation désirée et souhaitable pour faire de bons choix dans les grandes questions de la vie, ou même avec Burdeau (1979) que la société n'est pas irréprochable et que les changements qu'elle désire ne sont pas tout à fait dans l'agitation des groupes, mais dans l'école, c'est-à-dire dans la participation de l'état à la formation adéquate de chaque constituant.

En soutien à nos nombreuses espérances, pour ce qui concerne la morale et à la moralité de la reconstruction, revisitons la pensée de Bentham qui constitue en quelque sorte la vérité sacrée de l'utilitarisme politique et que tout système politique qui se respecte doit accepter que 'le plus grand bien doit être au plus grand nombre et doit demeurer la fondation même des valeurs morales et de la législation d'une nation' et également la pensée de Georges Orwell qu'au-delà d'un certain niveau d'inégalité, il n'y a pas de monde commun' et j'ajouterais personnellement, pas d'aspirations conjointes. Ces deux philosophies sociopolitiques mettent en exergue toutes les vertus de notre devise nationale qui préconise la liberté, l'égalité et la fraternité.

Égalité doit être un concept flou quant à son vrai sens dans la trilogie formulée par nous pour la requête d'une certaine valeur explicite à l'indépendance de notre nation et à la libération pleine et entière de l'homme haïtien vue à travers le prisme de la libération individuelle et collective. Egalité est une illusion ou presqu'une. Qui est ou doit être l'égal de qui demeure une aberration et est un concept dérisoire en son essence pratique, excepté peut-être quand allusion est faite seulement à sa portée philosophique. On est égal à bien des points de vue, métaphysiquement parlant, mais seul ce que Burdeau appelle 'un socialisme à visage humain' doit être mis en application par le gouvernement de Martelly pour contrecarrer tout capitalisme inhumain et aider à visualiser le concept d'égalité sous un angle propice au bonheur de l'Homme haïtien au sein du nouveau Contrat Social haïtien.

Liberté et fraternité doivent désormais signifier humanité dépouillée de tout radicalisme désuet et de tout pragmatisme immoral dans la nouvelle devise haïtienne eu égard à la refonte en perspective. La liberté du petit nombre doit cesser d'être une contrepartie de l'asservissement moral ou de la déshumanisation du plus grand nombre par le truchement de la misère institutionnalisée et de la destitution généralisée par exprès. Chaque homme haïtien doit avoir le courage de dire avec l'autre que 'la liberté d'un Homme étend la mienne jusqu'à l'infini'. Soin doit être pris à travers une nouvelle vision et une nouvelle visée nationales pour donner une allure nettement pragmatique à cette fécondation nouvelle du concept liberté.

C'est ce qui fait la force morale de l'avènement Martelly jusqu'au sein de ce que nous appelons par fantaisie son immoralité individuelle. Ce choix de se dépouiller, de nous dépouiller de tout sentiment radical désuet sera la manifestation de la plus belle expression de fraternité, telle qu'elle a été conçue par nos ancêtres noirs et mulâtres. Sans ce choix de mettre en valeur et en commun cette conception de liberté morale mise en exergue par sa campagne, notre prétention au développement collectif demeurera illusoire. Sa prétendue immoralité nettement individuelle doit servir de tremplin à une moralité collective réaliste.

Il n'y a ou ne devrait exister aucun préjugé humain à empêcher l'Homme haïtien de savoir que son existence même dépend de l'existence de l'autre Homme haïtien et que le même cordon ombilical les joint tous. Assurer la survie de l'autre quelles que soient les attitudes et les dissimilitudes devrait demeurer la plus sagace donc la plus consistante expression de cette liberté morale à laquelle nous aspirons.

Le monde commun, c'est ce que nous devions avoir à partager tous dans la vie en société et qui traduirait notre avènement à une certaine dimension de civilisation et de civilité (droits à la santé, à l'éducation, à l'assurance au moins de l'incontournable pain quotidien, les rues propres, des institutions saines et fonctionnant à merveille), tout ce qui fait de nous tous des hommes et des femmes dignifiés, l'un le reflet de l'autre quelles que soient les différences vraies ou prétendues. Donner un regain de foi et d'honnêteté aux concepts d'avoir tous été créés à l'image de Dieu et que nous sommes tous exposés à souffrir également les vicissitudes nationales doivent être les traits principaux de cette fraternité prêchée et convoitée par nous.

Il nous faut aussi, cette fois-ci irréversiblement, divorcer avec la médiocrité. La médiocrité, c'est trop coûteux. Le séisme de Janvier 2010 l'a mis à nu devant les yeux du monde ébahi de notre retard d'évolution comparée à certaines petites nations, un retard bestial pour le moins qu'on puisse dire. La médiocrité nous a coûté la vie des centaines de millions d'haïtiens en un coup; elle nous a coûté notre prestige national; elle nous a coûté l'avenir de nos petits-enfants et l'avenir de leur nationalisme. La médiocrité nous a terrorisés, terrorisons la médiocrité en retour, non pas avec la terreur, mais avec la raison à travers une réparation méticuleuse de nos erreurs séculaires. Honneur et louange devant être à celui qui sonne l'olifant sauveur, l'ancien chef d'orchestre est aujourd'hui le chef de cambuse, il tient les rênes de la cavalcade de cette invitation au « combite » pour une nouvelle libération nationale.

Cette raison doit être cette facette de la pensée humaine et philosophique. Selon une conception de Burdeau, elle se doit d'être 'affranchie de la gangue perverse où les postulats moraux et/ou religieux la tenaient expressément captive'. Cet affranchissement brutal et désordonné, pour nécessaire qu'il fut, constitue l'essentiel de la stratégie Martelliste dans son ascension vers le pouvoir. Il nous faut nous débarrasser de tous les aspects indésirables de nos agencements quotidiens pour imposer le nouvel ordre sociopolitique, pour donner une autre chance à nos aspirations légitimes à une meilleure humanité.

Répétons ici une citation de Jean-Claude Duvalier invoquant une pensée de son père dans un discours prononcé aux Gonaïves en 2010 : « Il est des moments de l'Histoire où les peuples les plus endormis et les plus subjugués et que l'on croirait à jamais impuissants se redressent et s'emparent de leur destin et conquièrent ce qu'il y a imprescriptible pour l'Homme : la liberté. » Le peuple Haïtien a exprimé un tel degré d'affranchissement nouveau en hissant, en dépit de la cabale antagonique, la rhétorique Martelliste, jugée désordonnée et pervertie, au rang de diatribe salvatrice.

Jésus-Christ lui-même, en colère devant la cupidité effrénée et immorale des autres, avait laissé s'altérer momentanément sa moralité divine, s'était transformé en vrai fils de l'homme pour faire échec à la vraie immoralité (Matthieu 21 :12-13). N'est-ce pas que le courroux est une détérioration légitime même instantanée de la sagesse humaine qui corrompt l'esprit autant que l'arsenic détruit le corps? En chassant violemment ceux-là qui assiégeaient le temple de son père le convertissant en un lieu de commerce, Jésus-Christ était circonstanciellement hors de lui-même et avait perdu momentanément son sang-froid moral.

Une désobéissance morale à un ordre de choses affichée par une immoralité commandée par les circonstances prenait la forme d'un slogan tacite ou symbolique ou voulait simplement dire, qui d'eux est mieux que moi ? Jésus-Christ lui-même aurait dit 'Qui est sans péché, qui veut lancer le premier la pierre ?' (Jean 8 :7) contre ce musicien-guide-politique un peu extravagant il est vrai, mais courageux et dévoué comme la femme dans la bible était soit adultère ou possédée du démon mais confiante, ou encore 'Pourquoi vois-tu la paille qui est dans l'œil de ton frère, et n'aperçois-tu pas la poutre qui est dans ton œil' (Matthieu 7 :3).

S'étant rendu compte que d'un coup quelqu'un devint trop immoral pour défendre un peuple littéralement et immoralement grugé pendant des siècles, Martelly d'exprimer son propre écœurement en une agressivité verbale compréhensive. «Tout au cours de notre histoire, ils avaient descendu leurs pantalons au timon des affaires de l'état et nous avaient laissés être accablés par tous ces malheurs». Cette dernière demeure la plus sensationnelle des ripostes de Martelly au jugement antagonique à ses postures bruyamment désapprouvées. En se comportant d'une certaine façon pour renverser nos tabous politiques médiocres, il était bien un homme en colère ; et, à ce point de vue, son immoralité obligée, expression de ses démangeaisons face à nos disgrâces séculaires, fut salutaire au devenir de toute une nation.

Sans vouloir établir aucune comparaison, chimérique elle serait, tout comme le Christ avait jugé bon de souiller sa divinité s'étant 'fait homme pour nous sauver', Martelly avait souillé son humanité et s'était fait désagréable et revêche pour tenir certains politiciens loin du timon des affaires d'Haïti un moment ou deux. Il a été conforme aux prescriptions de l'un de nos grands visionnaires, cette illustre autorité de notre imaginaire, Maurice Sixto lui aussi la colère dans la voix invectiva: « Il n'y a aucune prière pour chasser les hommes de mauvaise foi. Il n'y a des prières que contre les esprits malins. Contre les hommes de mauvaise foi, on ne doit qu'être un homme de mauvaise foi en retour ».

Mettons la médiocrité au rancart avec douceur jusqu'à ce que nous la changions en compétence. Qu'elle vienne de nos amis, de nos frères et sœurs et de nos ennemis, disons non à la médiocrité. Sinon, nos petits enfants n'auront jamais où reposer leur tête. Laissons-leur une patrie; ils le méritent bien pour avoir trop souffert par notre médiocrité séculaire. Que de Michel Martelly, que de Michaëlle Jean, que de Serge Gilles, que de Jean-Paul Coutard, que de Garcelle Beauvais, que de Gabrielle Union, scientifiques, intellectuels de grands acabit et représentants de l'imaginaire haïtien notre médiocrité a sacrifiés, a laissé passer inaperçus ou a abandonnés aux vœux et désirs d'autres sociétés.

Ceci devrait être toute la morale et toute la moralité de la reconstruction, pas seulement la refonte et reconstruction matérielles et matérialistes, mais aussi et surtout refonte et reconstruction des mentalités, des mœurs et celle de la pensée haïtienne tout en maintenant intact l'imaginaire haïtien. Le superbe imaginaire haïtien nous a fourni des valeurs sûres, sauvegardons-le. C'est peu de dire de Martelly qu'il est ou fut un immoral. En fin de compte, il nous faut nous atteler à rendre moraux ses efforts de reconstruction.

Martelly, le grotesque, le burlesque

Martelly, élu président de tous les Haïtiens, n'a pas fait l'unanimité. Il était un splendide acteur musical pour toutes les catégories, on s'en souvient encore avec délectation et l'on referait volontiers l'expérience. Mais devenu président, il était bien trop coriace dans ses dénonciations, trop désordonné, trop vitupérant, trop taquin, trop malicieux pour prétendre à un tel honneur. Même certains admirateurs d'hier, pour des raisons suspicieuses comme son vacarme musical aux trousses d'Aristide ou de Bazin, s'étaient détalés à grandes enjambées de cette laideur morale, de cette accointance populaire circonstancielle, prévoyant une chute avec fracas. Ses fans inconditionnels, une fois de plus, devaient trouver des moyens pour convaincre le monde que sa femme et lui étaient dans les œuvres humanitaires longtemps avant la campagne présidentielle et qu'il n'était pas un berceur de peuple pour mériter leurs votes. Il était un burlesque avec une attitude philosophique et philanthropique, tempêtaient les adhérents à sa formule excentrique.

Ses sympathisants inconditionnels devaient protester que l'Homme était de bonne foi depuis belle lurette. Ils devaient trouver les mots qu'il fallait pour vociférer que la grenouille-chanteur qu'il fut hier s'était assurée une notoriété qui le rendait déjà aussi grosse que le bœuf-président qu'il est devenu? C'était la façon d'initier au moins le temps de bénéfice du doute face à l'avilissement et à l'enlaidissement moral outré du chanteur candidat, puisque pour la rivalité politique rageuse de prétendre et vouloir démontrer qu'il fut immoral ne s'avéraient pas assez. La cabale antagonique ne pouvait pas gagner contre l'électorat fanatisé jusqu'aux viscères. Maintenant qu'il est élu, il fallait entreprendre de démoraliser ses intentions, avilir son ascension morale, accabler sa suprématie à la tête du pays et dans les têtes individuelles, guérir même par un lavage de cerveau cette fièvre cérébrale qui nous a valu un président tel que jamais souhaité chez nous.

Ici encore quelle serait la nature ou l'intérêt de cette apologie de ma part? Ce claironnement de ma trompette nationaliste est-il intéressé, et en quoi traiter Martelly de grotesque devrait-il m'égratigner? Plus qu'à la poursuite d'aucun intérêt personnel, mais pour la gloire de Dieu avec la compréhension qu'il faut incessamment rendre Dieu vivant aux yeux des hommes, pour la gloire du pays et de l'Homme haïtiens quelles que soient les spécificités à la base de leur humanité, de leur haïtienneté, couleur, fortune, diplômes, classe, race, accointances, fétus de paille. Mon opinion devait et était impartiale hier, elle est comme telle aujourd'hui. Je ne parle souvent que de l'abondance de ma conscience, et le cœur y est toujours dans les effusions de mes sentiments.

Tout comme j'oserais dire à la barbe de même son plus féroce ennemi, s'il en comptait un que je connais, que Préval est l'un de nos plus modestes politiciens Haïtiens de tous les temps. Tout comme je dirais qu'Aristide serait vu autrement si nous avions une meilleure culture politique vis-à-vis du concept changement par la base qu'il a bruyamment réintroduit dans notre vernaculaire sociopolitique. Mais les intérêts exclusifs menacés mènent toujours la vie dure au fédératif et à nos désirs de changer les hommes et les choses. Tout comme je suis un adepte inconditionnel de l'homme qui déclara qu'il faut vivre simplement pour que les autres puissent simplement vivre' ou que 'à force d'un œil pour un œil, le monde deviendra bien aveugle', je veux parler de l'incomparable Gandhi ou de celle qui déclara que 'personne ne peut vous prouver inférieur sans votre consentement' je veux dire Eleanor Roosevelt. Mon opinion est, à ce point, universellement impartiale.

Martelly a critiqué vertement Aristide mais a compris que ne pas lui allonger la main de réconciliation ou de l'entente politique voudrait dire une diversion de plus et que les aigreurs exprimées au temps de sa campagne étaient plus individuelles que collectives. Sa propre philosophie du pouvoir aurait été conséquemment faussée. Tout comme Aristide lui-même ne ménageait pas de sa hargne, légitime d'ailleurs, un certain secteur du macoutisme, repère des barons d'un pouvoir trop totalitaire pour devenir progressiste et libéral à un moment quelconque de la durée politique. Je refuse de penser qu'Aristide était pour ainsi agir anti-duvaliériste exemplaire et non repentant au point de méconnaître les bienfaits sociaux du duvaliérisme sur certains haïtiens, sur la plupart des haïtiens. Ce serait lâcheté, hypocrisie, manque de probité intellectuelle de se souvenir seulement du mauvais omettant le bien. Seulement la main qui sait effacer le mal peut écrire le bien. Il n'y avait pas que ce qui est reprochable dans cette tranche de notre histoire

Là où Duvalier avait faussé, n'avait pas réussi ou s'était montré butor n'était que la manifestation de cette vérité absolue qu'on ne fait pas une omelette délicieuse sans casser des œufs. Excepté que cette omelette n'était jamais permise d'être délicieuse. Le « je serai le premier président d'Haïti avec une plume dans une main et un revolver dans l'autre' de Duvalier équivaut bien 'à moi la vengeance, à moi la rétribution' du Dieu Tout-puissant. Un homme en colère, bouc-émissaire de la colère des opprimés à l'instar de Georges Washington, de Robespierre ou d'Abraham Lincoln, de Jose Marti, de Mustapha Kémal pour entonner une litanie comme 'J'ai un rêve' de Martin Luther King ou 'Nous pouvons changer les choses. Oui, nous pouvons ' de Barack Obama, tous des cris au secours descendus tout droit du ciel jusqu'à nous. Certaines manifestations humaines ne trouvent leur explication que dans les vérités éternelles.

Martelly, de par ses propres cris et à sa façon, voulait simplement leur faire comprendre que seule l'autorité éclairée mènerait Haïti quelque part. Le temps n'était plus aux claquements d'épées et aux coups de feu, mais au progrès scientifique du pays et à l'amélioration générale du style de vie de l'Homme haïtien, tel que rêvé par Estimé et Duvalier avant lui. N'est-ce pas que dans l'ensemble ils avaient partagé le même rêve et le même concours de reniements sociaux et que le social et l'économique ne les avaient jamais pardonnés leur nationalisme outré et, conséquemment, leur enthousiasme revêche à sauver l'expérience haïtienne

Donc, n'importe quelle animosité déclarée contre ou entre les anciens du pouvoir aurait fortifié l'adversaire commun d'où qu'il vienne et en n'importe quoi consisteraient ses nouvelles attaques. Martelly devait comprendre que passer outre à certaines prescriptions libertaires et démocratiques signifierait une autre détérioration du rêve haïtien. Réaliser la symbiose des bienfaisances nationales autour des pouvoirs, des capacités et des volontés désintéressées même au sein de la malséance connue de lui était la première et la plus grande mission qui lui était confiée. Tâche lourde, mission difficile que ce fut, mais possible.

Les circonstances atténuantes quand elles sont historiques sont toujours plus fortes que nos passions et nos préjugés. Elles auront toujours raison en fin de compte, même passagèrement. Les faussetés, les méchancetés doivent se plier aux desiderata des volontés génuines.

Martelly comprit que pour être président de l'électorat d'hier aussi, il devait tendre le rameau d'olivier pour empêcher le choc des titans qu'il crut inévitable dans une démocratie à visage inhumain, une qui n'est pas perçue avec l'humain en tête. Dans une telle démocratie, le choc est inévitable. L'adversaire commun comporte des visages variés. Il s'appelle sectarisme outré, intérêts personnels ou claniques, internationalisme revêche, doctrine totalitaire et est toujours tapi à l'ombre, dans le dos des plébiscites populaires pour donner le coup de dague au rêve collectif. Quand nous craignons que nos intérêts personnels soient menacés, que cette peur soit fondée ou pas, notre réaction est toujours fatale à la démocratie. Chaque fois que le destin, l'histoire ou notre semblable nous fait des sommations amiables, éclairées ou salutaires, auxquelles nous passons outre, l'ennemi commun triomphe.

En cette perspective historique nous avions préféré faire d'Estimé, de Duvalier ou d'Aristide, le populiste au pouvoir, le leur pas le nôtre, président de la plèbe couleur-corbeau et d'une poignée de peau claire, ceux-là conciliants parce que compréhensifs, pas de tous les haïtiens. Pour une raison que toute morale démocratique répudie, être élu en Haïti par la voix populaire c'est comme entrer au palais par la petite porte. Les promoteurs d'un tel état d'esprit accordent le populisme aux petits-fils d'esclaves oubliant ou ignorant peut-être que Pétion, lui aussi, était populiste notoire. Même la nature était triste à sa mort, rapporte la petite histoire. 'Les larmes qu'il fit couler à sa mort sont le meilleur témoignage de sa bonté extraordinaire et le plus bel éloge de sa vie' (Dorsainville, 1942).

Martelly le joint aujourd'hui et doit suivre son cheminement en ce qui fait un président un homme du peuple, donc un vrai monument national. L'un des plus grands gestes politiques du premier président mulâtre de l'histoire universelle pour raffermir sa philosophie populiste, à côté de la fondation du Lycée de Port-au-Prince, fut de requérir instamment de Bolivar et Miranda, en échange de l'aide d'Haïti, la libération des noirs esclaves dans les pays éventuellement libérés. On l'aurait fourvoyé lui aussi, mais il était mulâtre, il méritait le pardon du clan, autrement il aurait été bel et bien assassiné pour avoir promu un brin de bien-être pour la majorité.

Pétion avait compris que tout ce qui est fait aux dépens de la majorité serait en définitif au détriment de la nation Haïtienne. Il a été aussi torturé à cause de cette tendance à se montrer un peu souple à l'égard du plus grand nombre. Quel dommage et quel gaspillage d'hommes, de temps et de ressources ont hanté notre histoire et ont corrompu l'élan de la charrue haïtienne!

Comment ne pas réitérer notre prédilection pour la lecture de La Déroute de l'Intelligence de Roger Gaillard.

Martelly, lui aussi, va jusqu'à la plèbe, chante et danse avec eux, met en application sa stratégie politique pour favoriser le renouveau haïtien partout où il y a âmes haïtiennes qui vivent, pour réclamer tacitement du respect pour ses concitoyens dans l'ensemble. La démocratie doit être toujours de mise pour maintenir intactes les pensées libertaires. Il n'y pas de démocratie sans le vote populaire, sans peuple, et au plus fort de toute désapprobation à ce principe, rendons à l'évidence, comme pour interpréter Burdeau à notre façon que ce que l'histoire a fait avec le peuple, l'histoire peut le défaire avec ou sans le peuple mais ne peut jamais le refaire qu'avec le peuple.

Il n'y a pas une porte de sortie quant à cette vérité absolue. Les nouvelles révolutions se font toujours avec le peuple, mais les coups d'état se donnent toujours sans le peuple. Le peuple a fait 1er janvier 1804, mais n'a pas fait 17 octobre 1806 ; le peuple instigué par la rébellion estudiantine a aidé à faire le 7 janvier 1946 qui a rendu 16 août 1946 possible sans avoir aidé à faire 10 mai 1950; le peuple a consolidé 22 septembre 1957 et a faiblement aidé 7 février 1986.

Pour une évaluation historique appropriée, ce qui a causé février 1986 ne peut être classifié comme un soulèvement du social contre le politique, mais une expression de lassitude concoctée au haut niveau et popularisée avec l'aide de groupuscules amadoués vendant leur pauvreté aux enchères de la bêtise sociopolitique, donc par le populaire à l'encontre du populaire comme les années qui s'ensuivaient allaient le démontrer. Pour ce qui attrait à la chute du duvaliérisme, même le gouvernement, miné considérablement, a extériorisé son essoufflement et son envie de foutre le camp sur le visage d'un président (Jean-Claude Duvalier) apparemment ravagé après une tournée dans certains quartiers de Port-au-Prince accompagné de sa femme (Michelle Bennett Duvalier). Mais le peuple qui a fait avril 2011 n'aura rien d'autre à faire qu'aider au raffermissement des acquisitions sociopolitiques dans le respect des mandats constitutionnels, comme Aristide, ayant emprunté la voix de la majorité à son retour d'exil, a relayé 'ce retour signifie que les jours des coups d'état injustifiés sont à jamais révolus'. Donc, souhaitons, comme dans toute grande démocratie, que le(s) mandat(s) de Martelly atteint (atteignent) bel et bien le (urs) terme(s); seule la volonté populaire par le vote aura à retrancher et fera justice à qui justice est due ou à exprimer griefs aux performances politiques de l'homme de l'heure.

Quand, dans le temps, pour exprimer son désaccord avec la proposition fantaisiste d'un admirateur en vue de se porter candidat pour une élection présidentielle haïtienne, Sweet Micky a déclaré d'une manière également fantaisiste qu'il n'était pas intéressé à devenir président puisqu'il l'était déjà, suivi de son pouffement proverbial, esclaffement d'artiste réussi. N'importe quel observateur, ancré au fond de notre petite mentalité, pourrait avoir assimilé une telle déclaration à une plaisanterie de mauvais goût. Sweet Micky, anticonformiste impénitent, avec sa tête enveloppée de mouchoir, Sweet Micky des accoutrements provocateurs, pour tout le monde il fut beau, pour tout le monde il fut gentil, pour tout le monde la fête et le rire furent assurés, mais, qu'il devint notre président… « Soyons sérieux », interjeta quelqu'un dans un pouffement de rire.

Pas dans un pays où la déformation de notre subconscient collectif nous le rend difficile d'associer la musique à quoique ce soit de sérieux, oubliant qu'Albert Einstein, l'un des plus grands cerveaux que la terre ait vus, jouait au violon. Ou est-ce l'instrument qu'on joue plus que le musicien qu'on est qui fait la différence. Tabou Combo nous instruisait des décades auparavant de l'existence mais de l'irréfutabilité d'un tel phénomène social. Beaucoup de nous se souviennent encore de la voix persuasive et entraînant de Shoubou lamentant : ' Ma fille joue au piano, et alors. Mon fils est un médecin, c'est d'accord. Toi, tu es musicien'.

Naturellement, aucun mariage musicien/médecin ou musicien populaire/pianiste n'était possible lors. Le piano qu'on joue à l'église ou dans les salons refusait de rimer pour une raison que la raison ignore avec jouer au piano tout court, dans un orchestre par exemple. Martelly peut s'enorgueillir d'être la voix qui a fait écho des lamentations de Shoubou et partit à la conquête d'un monde difficile à conquérir par les ouvriers de la musique. Excepté qu'entre eux deux Ansy Dérose s'interposa pour leur conseiller de se faire payer. Là, encore, Martelly s'enorgueillit d'avoir fait des musiciens des salariés honorables, non seulement par l'exemple de sa réussite personnelle, mais par l'imposition d'un certain niveau d'organisation au sein même de son orchestre et aussi par le haut et superbe statut politique il a achevé.

Suivant avec un intérêt soutenu, sur youtube.com, les quatre phases du débat présidentiel concédé à Yvon Neptune, Lesly Voltaire et Myrlande Manigat, je n'ai pas pu m'enfreindre d'exprimer variablement mon ébahissement. Sa loquacité m'a porté à agréer bruyamment au caractère réfléchi des issues abordées par lui et l'exactitude convaincante de ses réponses aux questions des modérateurs. Son arrogance et sa fermeté étaient plutôt prometteuses.

Si seulement, pour une fois, l'on voulait donner aux fruits le loisir de tenir la promesse des fleurs. Mais laisser s'exprimer pleinement les bien-intentionnés au pouvoir n'a jamais été possible; chez nous, cela atteint une proportion simplement terrifiante. Notre palais national est le tombeau de beaux et décents rêves politiques. Le timon des affaires de l'état est le bout de la route aux aspirations magnanimes, là où ceux qui criaient injustice hier deviennent, de plein gré ou par la force des choses, des créateurs d'injustice.

Là, l'on devient ou l'on est forcé de devenir pragmatique, hermétique, narcissique, sans amour. Une clique privilégiée a toujours signifié l'ultimatum tacite ou bruyant à l'élu bien-intentionné. Sa volonté de relèvement national doit se faire à leur façon, selon leur volonté et au temps qu'ils auront choisi ou jamais. Il n'y avait que Duvalier père à soumettre la classe politique, sournoise et fagoteuse de revanche sourde, à sa férule administrative jusqu'à sa mort. Dessalines ne pouvait pas, ni Pétion, ni Christophe, ni Boyer ne pouvait.

C'est que le politique ne doit pas vouloir améliorer les traits acerbes du statu quo créé par le social et l'économique. Ces derniers(le social et l'économique) pensent toujours que le premier (le politique) désire à tout prix préconiser et professer une égalité dans l'effondrement. Les populistes sont toujours vus par la classe profiteuse, devenue soudain faussement victime et apeurée, comme des professeurs de chaos. Ce qui n'est jamais le cas et ne serait assurément pas le cas pour Martelly. Qui veut gérer le chaos, excepté quand on est forcé par l'incompréhension des autres acteurs et leur refus de se conformer aux nouveaux principes politiques?

Le désir de bien faire, de faire le bien et de bien faire le bien devient une mission impossible toutes les fois qu'on gravit nos fameux perrons politiques. Il faut soit enlever ses cornes si l'on n'en avait et se faire assassiner de corps, soit les mettre si on ne les avait pas et se faire assassiner de caractère ou oublier ses promesses envers soi-même et envers les autres et se faire assassiner humainement. La bataille est mêmement serrée; les persécutions pleuvent sur tous les fronts, et l'échafaud de demain devient la suite logique de l'apothéose d'hier.

Prétendre que Michel Martelly est trop musicien dépravé pour être chef d'état ou qu'il n'a pas la trempe d'un politicien ou de sauveur de nation, ce serait sacrifier ses vertus magnanimes, se servant d'allégations vaporeuses. Après l'avoir vu à l'œuvre vers le succès personnel dans le domaine musical, ne conviendrait-il pas de vouloir lui accorder, au moins, le bénéfice du doute. Ce n'est même pas le politicien improvisé ou de circonstance qui épate aujourd'hui, c'est la leçon qu'il persiste à faire à tout le monde, grands ou petits.

À tout le monde il dit encore, mettons la main à la pâte pour que nous puissions manger ensemble un jour un pain national mérité, gagné à la sueur du front haïtien. Ce qui le rend à la fois enviable et admirable même en secret c'est sa façon de maîtriser si simplement, si naturellement, si adroitement les vertus politiciennes qu'il n'est même pas supposé avoir selon les jugements standardisés de nos faiseurs de principes arbitraires.

Le plus étonnant, c'est sa façon de manœuvrer l'âme humaine. Qui prendrait la chance de balader dans la mêlée, en homme d'actions, depuis Pétion ville jusqu'à Port-au-prince comme il l'a fait une fois, au centre des malheurs et de violences quotidiennes tout comme être dans l'œil d'un cyclone et ne pas être égratigné? Un tel exploit exige du charisme, beaucoup de charisme au contraire.

Le charisme ne se définit-il pas être au milieu de la foule, sans peur que le danger vous effleure. Lui, au milieu de la foule, il semble pactisé avec le malheur, comme s'il était en territoire conquis. Combien l'ont désormais ce niveau de charisme? Lui, il l'a à revendre, et c'est à saluer chez lui, par respect véritable ou par hypocrisie.

En l'applaudissant tout au début de son odyssée vers le palais national, j'en avais plutôt cure qu'il deviendrait président ou pas. En lui, je saluais de préférence le citoyen, apparemment fatigué des déboires d'Haïti, qui désirait nous inculquer une leçon de patriotisme. Je ne suis pas non plus en train de faire sa promotion politique ainsi parlant. Son élévation, il l'a entamée et se l'était assurée depuis 1989 par le truchement d'une relation caustique avec les mélomanes, une romance enfiévrée, à travers une allure débauchée par exprès.

On n'oubliera pas si vite le don juan à chapeau dans ce vidéo, quadrillé de ces beautés qui faisaient rêver, chantant le refrain qui a chaviré tout et tous les cœurs dans la gorge de sa popularité soudaine, Ou-la-la, Ou-ou-la-la. Toutes les femmes ou à peu près voulaient être à lui et tous les hommes ou à peu près voulaient être comme lui. Mais honnêteté oblige de dire qu'il était difficile, quasi impossible, de prophétiser que ce don juan couvait déjà les ferments d'un musicien illustre qui allait connaître une célébrité musicale durable. Maintenant, à la faveur des circonstances historiques, il affiche les vertus d'un politicien sérieux, d'un président sans son homologue jusque-là dans toute l'histoire du monde, une ascension immédiate vers l'étoile musicale, une ascension également rapide vers la grandeur historique.

Martelly est en train de faire de sa présidence l'allée propice vers le rachat personnel prouvant avec Conficius que dans tout homme il y a un homme, et, contrairement au mot de ce dernier, 'que le bon fer n'est pas employé pour faires des clous' que des clous peuvent être au contraire faits du bon fer. Selon nos standards, les musiciens seraient des clous indignes du bon fer. Martelly a démontré que les bosquets de la musique haïtienne cachent assez de vertus pour produire des virtuoses dans tous les aspects de l'art musical et dans beaucoup d'autres aspects de la vie y inclus la présidence politique.

Après avoir joui, confondu, humilié et oublié un Nemours Jean-Baptiste, révolutionnaire musical devenu tout cours Nemours, un Cyriaque Achille Delmas, ancien élève des Frères de l'Instruction de Jacmel, devenu Achille Paris puis Ti Paris également révolutionnaire musical, ou un Gesner Henri, footballeur et professionnel, devenu Coupé Cloué, un Martelly devenu Sweet Micky puis président Michel Joseph Martelly prend leur revanche. Elévation grandiose et méritoire, pour le moins qu'on puisse dire. Mais, il aura le courage de vouloir du bien à tout le monde en relation avec le mot du philosophe 'la meilleure manière de se venger est de ne pas se montrer semblable aux autres'.

Sérieux à propos de la réussite, il l'est, à la présidence comme il l'a été dans la musique. De nos jours, par ses actions de citoyen-président, avec la même fougue de campagne, il est en train d'exprimer ce même désir de sauver ensemble ce qui est encore à sauver. Les solutions abordées par lui sont aussi sérieuses que les allégations contre lui sont impardonnables; sa popularité va croissante et est certainement à prendre de plus en plus au sérieux. Toute cathédrale doit s'effondrer qu'elle soit de cartes, de sable ou de ciment. Tout génie n'a qu'un siècle, mais même après son mandat, on n'oubliera pas de sitôt cette leçon morale ineffaçable et indissoluble placardée sur le parchemin de la vérité historique. Cette blessure infligée à nos manitous politiques par les griffes acérées de l'immoral irrécupérable qu'on veut faire de lui ne s'effacera pas avant longtemps.

Le souffre-douleur de la politique tiers-mondiste de chez nous s'est fait un nom universellement reconnu. De nos jours, tout de lui devient sujet à conversation et attire la curiosité. Même sa boisson favorite est connue maintenant. Tout comme le tout Haïti a appris que Jean-Claude Duvalier, en route pour le Cap une fois, arrêta sa voiture un peu avant d'atteindre La Barrière Bouteille et se gava de cassave jusqu'à la diarrhée ou que le monde a appris qu'il commandait du homard au petit déjeuner en France; que Ronald Reagan aimait les bonbons à la gelée, surtout la réglisse (licorice), et qu'on en avait ajouté la saveur myrtille rien que pour lui ; que Clinton, friand de Barbecue et de Mac Donald, s'en rend malade occasionnellement; que Mustapha Kémal Ataturk mangeait ses pois fricassés dans tous ses rendez-vous en hauts lieux au milieu des bombances de vins et de caviar; que Georges W. Bush grignotait le maïs rôti en pleine campagne et que président en visite officielle en Allemagne il bouffait de porc rôti ; ou que René Préval, en fervent disciple, trinquait souvent en l'honneur de Bacchus partout où il pouvait se le permettre.

De ces petites choses de rien qui créent sensations particulières selon le rang de l'individu ciblé pour le panégyrique ou pour l'assassinat de caractère, Martelly fait partie aujourd'hui de la galerie des évoqués à cause d'un rien, pour une peccadille. Ces merdes hier étaient d'or et provoquaient une cabale enchanteresse. Une merde, de la bouche du président des nos jours, tombe comme une perle maculée de boue.

Avec tout le respect dû à nos intellectuels, à nos technocrates, et à nos barons de la pensée politique haïtienne, il faut concéder que Michel Martelly a fait mieux que la plupart d'entre eux dans le domaine politique en secouant la conscience nationale endormie d'une énergie toute galvanisante. Nous n'avions constaté pour un bout de temps un dévouement si absolu, une arrogance si extraordinaire, si aimable, si prometteuse et autant d'ouverture au compromis au service de la politique, de l'Homme et du pays Haïtiens. Le souffre-douleur de notre dédain politique s'est taillé désormais une place de choix dans le chapiteau politique mondial. Son nom est gravé de façon indélébile plus dans les cœurs que dans les annales de l'histoire.

Il prouve bien que ce n'est pas donner qui est important, c'est la façon de donner. Ce n'est pas défendre qui est important, c'est l'arme de la défense qui lui procure des vertus insoupçonnables. Ce n'est pas l'amour qu'on dit éprouver qui émeut, mais son expression et sa manifestation qui ravagent l'âme et le cœur.

Souvent taxé de bohême incurable, accusation qui, dans la mentalité de ses antagonistes, signifierait déficience mentale, qui s'en fout, il semble se dire. Pourquoi pas? Comment non ? Tout homme a le droit d'être heureux et de le rester. C'est d'ailleurs un prorogatif laissé à chaque être humain par toutes les Chartes fondamentales et auquel Mill agrée emphatiquement en ces termes 'demandez-vous si vous êtes heureux et vous cessez de l'être' il écrit. Quant à Martelly, il s'est fait seigneur en acquisitions sociopolitiques sans cesser d'être burlesque. Il montre bien qu'il faut savoir conquérir les cœurs avant de prétendre mériter des faveurs. Le bambou national ronronne en sa faveur. L'intérêt porté bien haut à ses prouesses renouvelées à chaque fois et à ses magnanimités confirmées est sans fanatisme au rabais ni intérêt particulier, mais n'est dû simplement que parce qu'il a touché la note qu'il faut pour faire faire exulter les dévoués à la cause de la bonne politique.

Nos politiciens racés ont, à cause de leurs bévues séculaires, fait de chaque Haïtien, y inclus eux ou leurs progénitures, une demi-portion et un être indigne de respect universel, oubliant que lorsque seulement une infime portion est dans l'abondance et que le reste de nous végète dans une misère sans nom et sans poésie, la nation en général affiche sa pauvreté morale et son indigence spirituelle. Tout le monde est vu alors comme un ramassis de pauvres ne méritant aucun respect collectif. Quand tout le monde parait décent est mieux et projette une image plus favorable de la nation entière que quand une poignée de nous parait superbe. Devenu président, j'ai l'impression que Martelly n'y est pas pour donner lieu à aucune colique de peur ni provoquer aucune frousse mais au contraire pour rassemble notre énergie collective atour d'un nationalisme pur.

Il a fait danser et espérer, et il fera danser et espérer aussi longtemps que, à défaut de la présidence, la technologie sera disponible pour nous ramener les réminiscences aimables de ses prouesses sur tous les podiums de la musique et du plébiscite politique. L'essentiel, son arrivée en météore politique nous aura enlevé de la bouche un peu de la saveur âcre de nos disgrâces nationales séculaires. Il aura été plutôt apôtre et apothicaire dans les hauts lieux de la musique populaire et de la politique humanitaire.

À un certain moment, la hargne contre le drôle Martelly candidat à la présidence avait atteint un apogée déconcertant dans les milieux pointilleux haïtiens et une bonne partie de la jeunesse qui avait trouvé ses refrains d'avant pétillants ou pas. Je le trouvais dur de ma part ou de n'importe quel peintre de l'âme humaine de faire silence sur de si tenaces incompréhensions. C'était devenu une nécessité impérieuse de fournir une explication au moins acceptable de ce que Languichatte ou Maurice Sixto appelait la Comédie Humaine et ce Jacques Roumain ou Frédéric Marcelin appelait La Condition Humaine. Le phénomène Martelly reflétait toutes les philosophies et toutes les croyances. Il y en avait pour tout le monde dans ses refrains goguenards et ses boutades politiques vitupérant.

Certaines opinions, on les respecte sans pourtant les partager. C'est que, tout comme Anatole France, on doit le plus souvent préférer la folie des passions à la sagesse de l'indifférence. La folie des passions galvanise, c'est comme la foi dans le jargon religieux, elle fait déplacer les montagnes tandis que l'indifférence détruit d'un coup ou par compte-gouttes. Martelly a entrepris de nous inculquer que ce qui a abêti le peuple Haïtien, un peuple courageux pour le moins qu'on puisse dire, c'est la propension de nos élites au détachement. Cette même désinvolture à l'égard de nous-mêmes a détruit notre beau pays, une perle dans le temps. Et c'est l'insensibilité l'un envers l'autre qui nous empêche, nous interdit même de différencier le vrai du faux, l'homme vrai de l'homme faux. Il nous montre la voix à la paix avec soi-même, à l'entente cordiale collective pour le bien-être de tous.

Un autre aspect de ses nombreux différends avec les secteurs bougons contre lui prête à confusion et sent de loin l'intrigue. C'est qu'hier Michel Martelly était le chouchou de la presse quand il vendait ses refrains et ses prouesses physiques aujourd'hui contestées, ses interviews étaient en demande et les micros des journalistes étaient suspendus à ses lèvres de chanteur téméraire, de troubadour engagé. On admirait son éloquence tapageuse, tout le monde lui criait leur amour. Il y avait jusqu'au feu Carlo Désinor à lui accorder une de ses meilleures interviews. Aujourd'hui qu'il nous montre qu'il a aussi une tête à défaut d'être aussi pleine que nos Sieurs et Dames de notre politique tiers-mondiste, mais aussi pratique que les leaders de ces pays qui nous font la charité, d'un coup un déluge de reniements, et pour certains, cette immoralité dont on lui a toujours reproché refit surface.

Pourtant, l'homme serait clairement réaliste, en d'autres circonstances. Il a pris des positions compréhensibles et s'est fait arrogant par occasions, contre la presse pour exiger une information éclairée qui ne va pas à l'encontre des intérêts nationaux. Il réclamait lors et compréhensiblement que le tourisme pourrait aider davantage si l'arithmétique de l'information était plus ajustée et davantage efficace à ce propos. Apparemment, on le voit encore comme n'avoir pas assez d'érudition pour débattre certaines questions à haute teneur intellectuelle ou scientifique ; mais, dans cette perspective comme dans bien d'autres, il a raison puisque l'information est et doit être de premières mains dans tout mouvement visant au développement de nos nombreux atouts.

Pour ce qui a trait à la prétendue carence de rudiments eu égard à certaines questions, selon Albert Einstein, 'ce n'est pas forcément dans les livres qu'on tire la vraie éducation, celle pratique'. Les tranchées ardues et impardonnables des vicissitudes humaines sont un bien meilleur maître d'école. Il serait temps pour nous si nous aspirions à un débat national profitable de laisser les autres exprimer leur accord à la raison pragmatique, celle qui anime Michel Martelly, celle qui a animé nombreux de ses prédécesseurs dans leurs jours meilleurs, c'est-à-dire jusqu'à ce que notre indifférence nous avait dicté de leur empêcher de faire à têtes reposées la différence convoitée. En imposant aux autres notre propre façon de façon coercitive, nous créons cette dictature que nous reprochons aux autres. Son « nous savons ce que nous faisons », en référence au travail entrepris jusque-là par son équipe, dit avec véhémence que ses talents d'administrateur et d'entrepreneur entrent d'emblée en jeu et sont au service de la nation plus que l'est sa présidence politique.

Ceux-là qui, tout comme moi, entreprennent le saut de mouton honnête, jugé cas pendable par les hautes cours morales de chez nous, de voir que Michel Martelly peut faire une différence sont bien sages au contraire. L'idéaliste et l'intellectuel que je suis pouvait avoir supporté quelqu'un d'autre, le professionnel et technocrate que je suis devenu accordait plutôt son adhésion au pragmatisme moderne et éclairé de Michel Martelly. Sa ferme loquacité, en référence à nos nombreux malheurs, acheva de m'épater. Il parlait et parle encore d'or. C'est la science et la technologie qui, un peu plus que la simple philosophie, gouvernent les actions humaines désormais. Michel Martelly semble être bien imbu du contrecoup scientifique que 'pour faire les choses autrement il faut voir les choses autrement'.

Par faute de gestion politique pratique et appropriée, certains de nous préfèrent vivre là où bon nombre de nous vivons actuellement, chez les autres parce que chez les autres revêt des caractéristiques consubstantielles qui nous permettent d'aspirer à un certain niveau d'humanité et de la vivre pleinement. Chez les autres, il y a ce monde commun dont parle Georges Orwell. Ce que nous oublions est que chez les autres ne fut devenu meilleur qu'à la lumière apportée par des répliques et des ultimatums révolutionnaires. Parce que certains citoyens avaient eu le courage de dire de ton ferme, côtoyant l'arrogance même, qu'il fallait que les malheurs humains succombassent. Conséquemment, les choses avaient changé de manière drastique donc irréversible chez eux.

Michel Martelly, l'homme, connaît par cœur de l'arrière-pays Haïtien et des agonies du peuple haïtien ce que beaucoup d'Haïtiens prendraient un autre siècle à observer leur palpabilité et à admettre leur pesanteur. Il l'a dit en période de campagne qu'il était toujours quelque part en Haïti faisant du tourisme local en manière d'apprentissage politique. Pour toutes ces raisons et bien d'autres, il méritait bien le bénéfice du doute par le truchement d'un vote politique qui disait tout haut ce que la conscience nationale ruminait encore tout bas. Il fallait tout changer, même avec fracas, par la brutalité ou par ce qu'on appelle chez lui, immoralité. Un subterfuge salutaire pour bifurquer vers l'électorat, peu importe combien dissipé qu'il serait, était de rigueur, et l'immoralité a gagné.

Celui qui proclame encore, après plus de deux ans au timon, qu'il est temps que le malheur haïtien succombe totalement méritait plus qu'un vote, mais un estime, une apothéose. Et plus que l'estime et l'apothéose qu'il mérite, il représente de nos jours notre conscience nationale. S'il s'était fait un peu rugueux sur les rebords nous lançant un ultimatum à la Christophienne 'je rendrai Haïti après l'avoir façonné non selon mon agenda, mais selon un agenda national raisonnable' c'est que grands enfants pourfendeurs, batailleurs, querelleurs, que nous sommes, quelqu'un doit pouvoir nous pincer le nez de temps en temps pour nous montrer la nécessité de nous faire raisonnables assez pour nous doter et léguer à nos petits-enfants une nation institutionnellement forte et politiquement souveraine. Cette fois-ci, c'est en connaissance de cause que le destin a confié la clé de la conscience du pays haïtien à un homme apparemment hors qualification, selon nos standards bien entendu.

En toute évidence, pour l'encourager et l'accompagner jusqu'au bout de la croisade - à moins que les incurables trouvent une bonne raison d'admettre qu'il a en lui des semences prometteuses en vue de l'aider à parvenir à une récolte fructueuse - il n'y aura que le bas du pot social à lui assurer la popularité nécessaire. Quand le gratin social vous taxe de populiste, appellation qui frise toujours la damnation politique dans l'histoire de notre curieuse petite nation, la partie incongrue de la tapisserie nationale vous revient de droit. Etrangement assez, le pouvoir démocratique veut toujours se faire chez nous sans le principe démocratique de base, le pouvoir au plus grand nombre. Être populiste fait tomber sur soi la malédiction des fils de Cham et l'exil, la prison ou la mort physique ou de caractère s'ensuit. Faisons de cette dernière énumération un malheur révolu. Il est temps qu'on cesse de devenir leader politique chez nous pour payer de sa peau l'envie ou la folie de faire cette différence qui vaille. Nous devons, ensemble, pouvoir dire vive la différence après chaque coup d'essai, après chaque performance.

De toute façon, un quelconque reniement de la part du gratin social ne changerait rien, parce que bien de rois et de chefs d'état avaient exprimé hautement leur regret d'avoir investi plus de confiance dans leurs amis que dans leur peuple. Le pouvoir souverain doit être invité de temps en temps ou s'inviter par la force des choses à se prononcer sans violence dans le nouveau dialogue national haïtien pour atteindre un consensus selon toutes les opinions et selon tous les goûts politiques, contraires parfois mais jamais farouchement opposés. Une analogie géométrique nous instruit que les idées contraires doivent s'investir à la tâche patriotique comme deux flèches qui vont dans des directions opposées mais vers un même point de destination. Toutes les ambitions qui visent à une meilleure Haïti doivent convoiter le bonheur de chaque Homme haïtien.

Notre démocratie doit devenir laborieuse à une telle fin. Elle doit être la fille d'un populisme éclairé et bienfaisant. Malheureusement, notre tiers-mondisme nous la renvoie à travers un prisme déformé et on ne souligne toujours que la peur d'une certaine violence éventuelle venant d'en bas évitable toutefois. Ce populisme marchepied, souvent bénéfique et bien vu quand sollicité pour des besoins sectaires, mais exécré quand notre route désormais ne doit mener en sens unique vers des desiderata collectifs, est ou devrait être l'essence de nos tendances libertaires. L'agrégat humain de notre société que nous répudions par exprès, dépositaire de nos mœurs et vertus nationaux, souvent converti pour le besoin de la cause en chirurgien de nos chancres révolutionnaires, devient alors des chevaliers de la cassure, la légion bâtarde de notre civilisation.

Les sauveurs volontaires de l'expérience humaine que ce soit d'Haïti ou du monde sont toujours des populistes mal vus, mal appréciés et exécrés. Leur prise de position historique propose d'établir la balance de l'équation sociétaire et constituer la zone franche dans le commerce humain ; mais on les veut malléables aux intérêts sectaires et on les encadre difficilement. Philosophie politique pour le moins erronée, conviction vétuste qui fournit une politique sociale plutôt compartimentée profitant une minorité tandis que la majorité est sortie déshumanisée, traumatisée parce que foncièrement dénationalisée.

De tout temps, le bon politicien haïtien, le père de la plèbe, Capitaine Courage, vaincu au sein de son populisme même, livré aux caprices des tendances opposées à sa vision et à ses visées, ne fait figure que d'un prétentieux, un excentrique, un fou à bêtiser, un souffre-douleur politique et social. Estimé, en un premier temps n'était qu'un petit prétentieux rêvant à l'unité nationale et au progrès au bénéfice de tous, François Duvalier devint le Papa Doc de la plèbe, son fils Baby Doc l'héritier joufflu, Jean Bertrand Aristide fut le petit prêtre lunatique, René Préval, Ti-René le « tafiateur » impénitent, l'alambic vivant. Manque de respect flagrant à qui respect est dû, si ce n'est par déférence, du moins par duplicité.

Martelly lui, est intelligent, il fait rire de lui d'abord. Il a commencé par se défaire pour se parfaire, se rompre pour se reconstruire au creuset d'une expérience personnelle mouvementée à toutes fins utilitaires. L'on finit toujours de rire, à coup sûr, il s'est dit. Selon une grande philosophie, commencez par faire rire de vous. Autrement, on vous convertit en souffre-douleur et on vous conduit tout droit vers la démence. Martelly, lui, a déjà été Sweet Micky, Tèt Kalé, Ti Simone, le plaisantin burlesque, quoi d'autre ferait-on de lui ? Nulle imagination n'est assez fertile ou goguenarde pour lui trouver pire sobriquets demain. Il s'était déjà mis à nu, debout verticalement, torse et conscience dénudés devant l'abattoir sociopolitique et agenouillé symboliquement devant les dieux tutélaires de la nation. Pas de mea culpa moralisant désormais pour lui.

Cependant, sa percée vertigineuse, son passage flagrant et intempestif de chanteur au discours agressif et au refrain charognard à un présomptueux liguant vers la présidence faisait de lui une figure anormale, un dérangé psychique. Personne ne devient président sur cette planète terre après avoir assassiné son propre caractère et jeter son venin d'amuseur populaire sur tout le monde. Pour empirer l'outrage auto-infligé, s'étaient ajoutées les critiques des antagonistes qui annonçaient, tôt dans la course, la défaite de ses ambitions de devenir chef suprême. Ses prouesses autrefois acclamées devinrent sur coup risibles, et ses ambitions faisaient pitié.

Les condamnations pleuvaient de toutes parts et voulaient noyer les élans de l'homme qui prétendait pouvoir fournir à Haïti une nouvelle raison d'espérer. On avait condamné en bloc et tenu ses aspirations nationalistes pour exagérées. La salive et l'encre ne manquaient pas de couler devant l'ampleur de la tâche à accomplir, de la carence des valeurs et des procédés et de l'insignifiance des ressources disponibles.

Le doute planait comme nouveau motif de division et de diversion. Les collaborateurs du nouveau président, la plupart des progénitures de nos anciennes bourgeoisies politique, intellectuelle, économique et professionnelle étaient mis avec fracas sur la sellette de toutes les méfiances séculaires. Qui veut quoi ou qui veut quoi d'autre était la question fondamentale qui accueillit leur sélection? Il y avait jusqu'à l'enthousiasme des jeunes héritiers de la débâcle à laisser un sentiment d'appréhension généralisée. Veulent-ils davantage ou veulent-ils simplement donner le coup de grâce pour rendre nos héros lointains et ceux d'hier vains et impuissants et bons samaritains pour toujours?

Toute cette interrogation nationale, tacite ou exprimée, autour des volontés et des valeurs, alimentait l'affolement conjoncturel devant les choix retenus pour mettre en marche le nouveau mécanisme qui se voulait être plus administratif que gouvernemental. Être précautionneux à l'excès devint à la fois un leitmotiv et un alibi, puisque mieux valait éviter les écueils d'une nouvelle sortie en trombe pour ne pas replonger tête en bas, une fois de trop, dans l'abîme de nos déceptions séculaires.

Les nouveaux commis triés sur le volet n'étaient pas pour ainsi dire essentiellement mal vus en tant qu'individus et en temps que professionnels, et ce n'était même pas qu'ils n'inspiraient pas tout à fait confiance. C'était plutôt la grandeur de la perte éventuelle qui réclamait une circonspection ankylosant et commandait les appréhensions. On anticipait, peut-être à tort, l'éventualité de mort subite au cours de la provision à Haïti des soins indigènes qu'avait avisés Sydon Joseph dans son désormais immortel cri patriotique « Ayiti sou kaban'n lopital an'n bal swen natif-natal »

L'alibi derrière cette épouvante nationale savamment orchestrée serait que la participation des nouveaux jeunes barons au timon des affaires nationales, tout comme avant, aurait de préférence une forte odeur d'intérêts personnels ou familiaux. Pour d'autres, notre président frappé de mal de vedettariat, grotesque jusque dans les viscères, n'allait pas pouvoir tenir la facture au milieu de ces rejetons d'une aristocratie sociopolitique qu'on pensait révolue.

C'est vrai que notre Histoire nous donne raison quant aux confusions et prévarications anticipées. Mais ne convient-il pas de donner une chance à ceux-là qui veulent se faire une conscience ou faire contre mauvaise conscience bon cœur? Martelly donnait de toute façon l'assurance de mutinerie personnelle contre tout comportement non équivoque au sein des rouages administratifs de l'état. Mais est-ce assez de promettre sans la conviction de pouvoir ajouter foi aux promesses? De tous les temps historiques, des disruptions n'ont pas manqué de marquer la nation du fer rouge d'une fatalité historique qui est devenue entre-temps spécifiquement haïtienne, et la facture a toujours été scandaleuse et catastrophique.

En toute évidence, il est déraisonnable de condamner en bloc tout un passé. La repentance mérite une chance ; les petits pas, les nouveaux coups d'essai doivent se rencontrer pour favoriser l'essor d'une nouvelle vision. Les malheurs d'Haïti ont frappé tous ses fils. Préférablement, admettons que tous les fils d'Haïti devraient avoir appris dans les douleurs du dépaysement, du renoncement et des héroïsmes bâtards et vains qu'une autre dimension de bienveillance et d'affection doit être donnée à l'Alma Mater.

Nos élites n'avaient pas toujours été dans le temps si élitistes ou n'avaient jamais été tout à fait nationalistes. Une élite a son mot à dire dans l'agencement des choses nationales. Une élite est responsable et n'a pas que des droits mais aussi une responsabilité morale. Il faut se faire à la vérité qu'aucun individu n'est né mauvais ou condamné. Un ensemble de circonstances, bonnes et mauvaises, concourent toujours à donner forme à nos luttes, à nos calamités et à nos espoirs.

Nos élites peuvent et doivent se reprendre pour une fusion salutaire au bénéfice de cet effort de réfection. Haïti n'a jamais été la Perle des Antilles pour tous les Haïtiens ou pour les Haïtiens, mais elle peut le devenir. C'est une péremption historique qui doit se transformer en une profession de foi dans un délai imparti. Son urgence est dans le moment historique qu'elle enveloppe, maintenant même, pas plus tard, pas demain.

La prédisposition d'esprit a son mot à dire dans le commerce humain. Il arrive parfois qu'on discerne ses torts et que l'on veuille rattraper le temps perdu. Il est de rigueur aujourd'hui de récupérer les héroïsmes écrabouillés et disséminés à tous ces coins du monde qui ne rencontrent encore aucune portion de la logique spécifique à l'indépendance haïtienne après plus de deux siècles d'histoire.

Haïti doit et peut assumer ses responsabilités de berceau de la liberté en mettant toutes les ressources disponibles au service d'un nouveau Contrat Social. C'est à peu près le discours tenu par Martelly en guise de profession de foi depuis ses déclarations contestataires et refrains obscènes, jusqu'à son beau discours d'investiture couronné par la promesse solennelle extériorisée en un vernaculaire impeccable *'Ayiti yo pa vle wè-a, se li yo va wè'*.

Alors, donnons une chance aux élans magnanimes d'aujourd'hui de s'affirmer. Peut-être que nos jeunes bourgeois, eux aussi, ont pris conscience de la participation de leurs grands-pères à la débâcle causée et veulent faire réparation. Peut-être qu'ils comprennent et disent avec Conrad que ce qui a été fait a été fait pour eux ou contre eux, mais qu'il s'avère aujourd'hui inacceptable. Peut-être qu'ils sont en train de se rendre à l'évidence que la plupart de nos grands-pères étaient des monstres et qu'ils veulent les réhabiliter en restituant à Haïti ce qui est à Haïti. Alors, être compréhensifs et laisser Martelly, son équipe et ses conseillers être vigilants serait le comportement idéal.

Pour une fois, laissons à l'économique et le social l'opportunité de donner le bras à la politique. C'est ce qui n'a jamais été fait chez nous, le mutualisme des aspirations haïtiennes n'a jamais été entrepris comme un vaste programme national. Les petits lots épars étaient privilégiés et ambition personnelle, de classe ou de clan était principe de vie. Le social et l'économique n'ont jamais vu le politique d'un bon œil surtout quand le politique prend la chance de proclamer l'équitable et réclamer le pain quotidien et le pain de l'éducation pour tout le monde.

En toutes circonstances, une nouvelle formule vaut bien mieux que les reproches, que les peurs et que les complaintes qui durent mais qui ne changent jamais rien. Il nous faut souhaiter la bienvenue aux nouveaux ambassadeurs de la délivrance haïtienne quelle que soit la couleur de peau, le niveau d'éducation, l'appartenance sociale ou l'orientation politique, placer en eux le degré de confiance requis et leur laisser assez de latitude de progression avant toute évaluation précipitée de leur performance. La reconstruction en cours ne verra pas ses effets positifs dans l'immédiat, pas quand tout ce que nous avions fut notre splendide imaginaire. Pour rentrer d'emblée dans un monde où seule la possession de la technologie est salutaire, une peu de patience est conseillé pour atténuer les rigueurs de nos nombreuses carences.

D'un autre côté, on n'a pas à ne pas être essentiellement Martelliste pour être et raisonnablement pro-Martelly ou simplement un adhérent à l'élan progressiste dont il se fait un apôtre. On n'a pas non plus à être un jouet en ses mains pour voir son côté prophète et en faire sinon son éloge mais établir la légitimité de son acte de contrition devant le malheur collectif. Alors, retroussons les manches, débarrassons nos consciences de la gangue perfide et perverse de la mésentente inutile pour l'aider dans son odyssée pour sauver ce qui est à nous tous, Haïti. Autrement, on serait anti-haïtianiste en un sens, pire que ceux-là à qui nous attribuons la paternité de notre échec bi-séculaire.

En toutes circonstances historiques et

sociopolitiques antérieures, notre premier soin a toujours été de décourager, de vilipender. C'est d'ailleurs ce qui nous vaut cette destinée fragile. Chaque grand vent, que ce soit politique ou naturel, met à nu cette fragilité récurrente. Martelly lui-même nous l'a souligné en maintes occasions ' Ce n'est pas le tremblement de terre qui a tué trois cent mille personnes à peu près '. C'est notre dénuement généralisé qui nous a appliqué ce coup fatal, il voulait dire.

En guise d'agendas sociopolitiques consistants d'une élection à une autre, nous attendons à chaque fois la prochaine les mains nues mais le cœur rempli d'ambitions politiques. Donc, ce que nous exprimons souvent dans nos lamentations en route vers la présidence ne sont que sautes d'humeur néfastes et fermées à tout élan de connivences au bénéfice de la nation entière. Nous nous faisons explosifs, vindicatifs puis compréhensifs au besoin. Nous sommes tous pétards et fêtards dans le plébiscite, grandiloquent dans l'investiture, fielleux dans les reproches et rarement indulgents après la chute politique.

Le chef d'état ou le ministre que nous exécrions hier devient circonstanciellement l'accointance avec qui nous laissons le beau temps rouler par la suite. Façon tacite de dire ce n'était pas contre vous j'agissais, mais contre le peuple et contre le pays. Allusion n'est pas seulement faite ici à notre évaluation de Martelly, mais à notre évaluation de nous-mêmes à travers les autres en tant que citoyens d'un pays et en tant qu'êtres humains.

'Le peuple haïtien a fait un mauvais choix. Il a choisi un monstre' s'époumona une fois notre congénère Jacinthe, ancien président de la Chambre des députés.

Sans vouloir ni accabler le législateur pour son évaluation du citoyen Martelly, ni faire le panégyrique du président, il serait convenable de s'enquérir de ce que le législateur sait qui a exigé une telle évaluation. Une telle déclaration, est-elle simplement hâtive sous le coup de l'émotion, sens d'humeur ou peut-elle être prouvée soutenable à travers des évidences indéniables?

L'homme de loi doit être à bout de réflexions maintenant après une telle extrémité dans son jugement. C'était son droit et peut-être son devoir citoyens d'ailleurs de se faire querelleur en tant que parlementaire. Il faut noter seulement que le Palais Législatif haïtien a souvent été une fille espiègle de la diversion politique et n'a pas toujours été fidèle à sa mission. De Dessalines à Préval, nos mésententes quant à balancer les pouvoirs nous ont valu des déboires nationaux et des visites étrangères outrageantes quant à la destinée libertaire de notre patrie. 1915 et 1994 demeurent les paroxysmes d'ingérence étrangère découlée de notre perpétuelle zizanie entre les pouvoirs exécutif et législatif.

Je n'irai pas aussi loin, à l'instar d'un congénère de voir essentiellement « parler » et « mentir » dans le parlement en tant qu'institution étatique. Etymologie un peu outrée mais qui, dans l'essence, définit les relations du reste du pays avec ce corps qui devrait être plutôt noble. Je voudrais croire de préférence que le parlement est dédié à des intérêts nationaux bien plus supérieurs qu'un lieu de rassemblement de prédilection pour des fonctionnaires en quête d'havre de digestion pour parler et mentir à eux-mêmes et à tout le monde, en induisant ainsi toute une nation en erreur.

Ce ne serait pas prémédité non plus ou conditionné de ma part tout refus de croire en l'assertion du parlementaire. Il n'y a rien encore dans les agissements politiques du premier mandataire à signaler en lui un monstre naissant. À moins qu'on prévoie dès maintenant qu'on va lui faire peur et qu'il va devoir réagir. Donc, en vertu de l'assertion du compatriote Jean Metellus, c'est la peur qui crée les monstres, la frousse de l'homme de loi, serait donc un faux présage.

Toutes les fois que La Chambre Législative mène les conciliabules politiques de manière inadéquate, La Charte fondamentale de la nation est menacée, la rue est alertée ou le Département d'Etat américain se mêle de la partie. Je comprends parfois la rue, mais pas toujours le Département d'Etat pour régler nos différends intérieurs. Aristote prophétisa qu'un peuple peut et doit demander des comptes à ses représentants quand il se croit léser dans ses intérêts et ses minces acquisitions sociopolitiques, mais le choix d'immixtion d'une force étrangère n'est pas tout à fait prévu par le Contrat Social proprement dit, mais par la politique délétère et est à éviter autant que possible.

La logique à la base de la plupart de mes opinions quand il convient de juger un homme politique est simple et découle d'une simple interrogation. Une vérité absolue, si je dois oser pour ne pas déplaire, est que chaque fois que la vérité doit être le guide, qu'elle vient de Martelly ou de Socrates, 'le chœur des vices ne marche pas pour autant à sa suite'; lequel d'entre nos 56 chefs d'état n'a pas été un monstre, dans l'entendement de la plupart de nous, sous une forme ou sous une autre? Même dans la plus haute expression de leur volonté aiguisée de faire de nous un état de droit, puis un peuple enclin au devoir patriotique, ils ont été ciblés de façon injuste la plupart des fois et sapés toujours avec fracas.

Quoique je sois un adepte du partage des pouvoirs, que le président doit faire face à une opposition pour la simple raison que toute bonne planification politique doit se garder d'être centralisée, l'échec de l'Union Soviétique communiste est là pour le prouver, mais l'Exécutif haïtien mérite bien parfois ce niveau de latitude qu'il n'obtient pas toujours du Palais Législatif.

Je ne vais pas une autre fois jouer à l'historien puisque je ne le suis ou que je n'ai pas à l'être pour comprendre les petites subtilités et bizarreries de notre Histoire. Tout ce que je sais c'est que ces subtilités et bizarreries, pour persistantes qu'elles sont, continuent encore à empêcher à Haïti de parvenir pleinement à sa destinée de petite nation au grand cœur.

Des détails désintéressément élogieux à l'égard d'aucun de nos chefs d'état durant leur passage au pouvoir ne sont pas légion dans nos annales historiques, et pas beaucoup s'étaient vus attribués bénévolement le niveau de reconnaissance nationale méritée, contempler une paix relative à leur retour à la simple citoyenneté et jouir de leur retraite à l'amiable. Préval aurait été le premier ou l'un des rares. Franck Sylvain avait été le premier à se voir dernier le volant de son Mustang jaune et noir partout et dans tout Port-au-Prince, vivant normalement, courant après la vie dont on disait qu'il était friand. Pardonnez ce tour de la petite histoire.

Il fallait que nos anciens leaders eussent été

trébuchés depuis le fauteuil, exilés ou morts pour mériter sinon notre affection mais un brin de considération. Peut-être que Martelly est le premier à vouloir voir les anciens présidents en bloc pour apprécier leur contribution, mince selon tous les standards, mais méritoire, plutôt que les traîner un par un dans la boue politique puis au gibet. N'importe quelle peccadille présidentielle devient l'affront du siècle et l'homme au pouvoir mais sans pouvoir, de numéro un devient l'ennemi numéro un qu'il faut museler puis anéantir que ce soit par le coup d'état, l'exil ou l'assassinat après avoir eu soin d'assassiner son caractère.

Le faux pas du président, trop dévoué à la cause nationale, devient trop facilement un pas de trop dans le domaine interdit, on le bascule dans la poubelle disgracieuse et fait de lui le prétendu loup qu'il fallait tuer et vendre sa peau aux enchères des médisances universelles. C'est ce qui fait qu'au vu des observateurs d'outre-mer, nos meilleurs leaders furent devenus de sinistres carnassiers, des médiocres et des dictateurs irrémédiables. On n'aime se référer à nos Soulouque et à nos Nord Alexis que comme des rustiques décorés et nos Christophe et nos François Duvalier sont des dictateurs sanguinaires, injustifiés et incorrigibles.

Comme ce congénère qui, par mauvaise foi, par naïveté ou par carence d'information, prétendait qu'Henri Christophe avait tué des milliers de citoyens haïtiens pour sa gloire personnelle se référant à la construction de la citadelle qui a assurément coûté des vies humaines. Ce même congénère a assurément aidé l'Occident à chanter les vertus d'Alexandre le Grand, de Richard au cœur de Lion oubliant peut-être ce qui dans la logique de l'Ouest fait les grands et les cœurs de lion. Alexandre n'avait pas souri avec les Egyptiens pour conquérir ce qui est aujourd'hui Alexandrie. Il a tranché des gorges, tronqué des têtes et mis tout à feu et à sac.

Que François Duvalier ait été le cyclone des Caraïbes et le Trujilio des Vêpres Dominicaines 'le plus grand homme de l'Amérique Centrale et de la plus grande partie de l'Amérique du Sud' courtoisie de l'ancien Secrétaire d'Etat Américain, Cordell Hull, le monde a une façon de nous juger en fonction de nous-autres leur ayant fourni les faux arguments. Toute civilisation a toujours réclamé des sacrifices énormes et que les meilleurs rois étaient des rois bâtisseurs qui voulaient bâtir surtout des civilisations durables, pas des empires éphémères. Jean-Pierre Boyer a fait un travail de titan à la présidence haïtienne et devint obscurantiste du jour au lendemain.

Et si l'homme au pouvoir était vu, simplement, un autre homme comme nous-autres, ce qu'il est d'ailleurs, cela ne dénouerait-il pas la situation, et quant à l'homme au pouvoir ne mériterait-il pas mieux que le bénéfice du doute? Un sourire de Martelly nous consolera demain parce qu'un rictus de lui nous afflige à l'extrême et nous fait trembler d'effroi sans raison apparente. Il y a raison de douter que Martelly est vraiment l'homme cinglant au pouvoir qu'on fait de lui; mais parce qu'il est l'homme dont on doit se débarrasser pour s'être fait le devoir de pointer de sa langue nos monstruosités à l'égard de nous-mêmes ou notre bâtardise à l'égard d'Haïti. Demain, une tape amicale sur l'épaule de sa part nous enverra aux anges parce que nous nous sommes permis d'être en colère trop facilement par ce qu'il fait de bon mais qui égratigne un peu nos propres intérêts. Un rien nous réconforte toujours parce qu'une peccadille de la part d'un autre, ami ou ennemi, nous attriste à l' extrême.

Pour tout le monde Martelly doit être beau, pour tout le monde il doit être gentil, pour tout le monde il faut qu'il ferme ses yeux, pour tout le monde il faut qu'il s'assoie au palais effondré, jouant au piano, attendant l'autre chèque ou son renversement peu importe dans quel ordre vient le chèque ou le renversement. Mais, contre toute attente, il se plaît à jouer au président fouineur qu'on fait de lui avec un peu de vérité justificatrice. Ses aller et venir deviennent de préférence de l'espionnage parce qu'on est contraint à marcher et suer avec lui, à montrer ce qu'on fait plus que de l'enveloppe budgétaire allouée mais de la confiance collective concédée par le vote. Dans cette circonstance, la pierre qui roule doit pouvoir amasser un peu de mousse.

Estimé aurait duré un peu plus longtemps sans cet engouement connu de lui pour être un vrai progressiste, tout comme on aurait préféré Duvalier être en blouse au palais arborant son cathéter, mais il a commis l'erreur fatale d'avoir voulu un peu trop sérieusement équilibrer la grâce ou déséquilibrer la disgrâce nationale et avoir poussé son audace jusqu'à déclarer en connaissance de cause ' je serai le premier président d'Haïti avec une plume dans une main et un revolver dans l'autre' .

Tout comme Jean-Claude devait avoir été simplement l'héritier docile gâtant la classe de ses largesses, ramenant les moins indésirables au bercail et appelant au secours pour fournir à manger au pays, et ne devait pas affirmer sa propre personnalité dans l'exercice de sa fonction jusqu'au jour où il devait être poussé de son fauteuil, exilé, emprisonné ou assassiné. Tout comme Aristide devait avoir été perpétuellement en soutane digérant corps et sang du christ dans l'intimité des murs épais du Palais, prêchant encore les bidonvilles comme au haut d'une tour, regardant les autres en bas pour ne pas les voir et les laisser crever de faim ou de maladie. Mais il a eu le toupet de ne pas vouloir manger seul avec ses amis le pain quotidien qu'il a promis durant sa marche pénible vers le Palais National. René Préval devait rester l'agronome ou l'entrepreneur comme derrière sa caisse au palais, vivant de chèque en chèque jusqu'à la chute. Mais son observation combien philosophique « Nager pour sortir », équivalente à ce que la Bible avait prescrit depuis le commencement des temps 'aide-toi, le ciel t'aidera', à ce que Victor Hugo proféra en termes différents 'ceux qui vivent sont ceux qui luttent 'et à ce que La Fontaine conseilla 'travaillez, bêchez, prenez de la peine', devint sujet de raillerie nationale.

Tout président Haïtien, une fois admis au cénacle du pouvoir, ne doit que concocter en hauts lieux la trahison nationale et doit passer outre à ses devoirs envers sa fonction. Pour tout le monde Martelly nous faut laisser faire, pour tout le monde il doit être tout comme et tout à fait différent de son prédécesseur ou de son successeur. Pour tout le monde il lui faut passer outre aux prescriptions électorales qui l'ont fait mériter la confiance du peuple et se laisser pousser demain vers l'échafaud quand viendra le temps de règlements de compte pour ce pain qu'il a offert à tout le monde et qu'il a mangé seul ou avec consorts et qu'il digère aujourd'hui sans amis au fond de sa conscience ravagée. Pour tout le monde il doit se préparer à chanter ses refrains calomniateurs de la chose sociopolitique dans les rues de Port-au-Prince. Ou bien suffit-il que le prochain homme au pouvoir commencerait à mal se comporter ou à ne pas exécuter nos agendas à la lettre pour découvrir un peu de bonne foi à son prédécesseur en disgrâce.

On trouve toujours un peu de bontés et de vertus ou beaucoup de méchancetés aujourd'hui chez ceux-là même que nous avions applaudis et conspués à tour de rôle de Lescot à Préval. Plus que la rue, la classe politique haïtienne a toujours eu des coups durs au poing. Estimé n'a renommée sauve et ne mérite pas désormais la potence que parce qu'il s'était fait tuer gentiment ; autrement, il serait comme Duvalier un monstre ; Jean-Claude, le fils du tigre ; Aristide, un danger toujours menaçant, l'épée de Damoclès parce qu'il a eu le toupet d'avoir pu rassembler quelques milliers d'adhérents à la cause des déshérités ou pour avoir réclamé un peu de dignité pour la suprême dépouillée qu'Haïti est devenue. Martelly devait avoir appris cette leçon, tout naïf en politique qu'on croit qu'il est, pour savoir que nous sommes drôles, explosifs, vindicatifs puis compréhensifs et railleurs après la chute.

Quant aux parlementaires, je pense que ce serait génial, humain et prévoyant de leur part d'ajouter une goutte d'eau dans le vin trop fort du pouvoir législatif, et d'ajouter un brin de raison dans tout déluge d'orgueil. Certains de nos chefs font montre parfois de manque de sang-froid, il faut le reconnaître, après avoir foulé les perrons qui mènent au timon des affaires nationales. Cependant, un autre brin de rationalisme nous invite à nous demander, à qui attribuer la faute aux dérives qui n'ont jamais cessé de nous accabler depuis 1804?

Une logique simpliste mais lumineuse devait nous dire que 56 présidents ne pouvaient pas tous avoir été de mauvais hommes. Il doit y avoir une explication quelconque à l'empêchement de la machine politique haïtienne de prendre une allure définitive vers un système humanisant, un système qui désire rencontrer l'haïtien défavorisé à mi-chemin. Pourquoi en effet y a-t-il toujours une levée de boucliers tout de suite après la victoire au scrutin et que l'apothéose plébiscitaire cède la place à une cohue intempestive et tempétueuse que mène vers l'échafaud ? N'y a-t-il pas lieu de chercher à savoir ce qui fait d'un homme un président et d'un président un homme afin d'apporter le niveau de sagesse qu'il faut pour seconder, épauler, attendre et participer au triomphe?

Un président est un homme qui a ses faiblesses, et c'est parfois un homme faible qui nécessite l'appui d'autres hommes pour devenir un homme accompli, un vrai chef. Des Césars de jadis à nos Excellences et nos Majestés actuels, l'histoire pullule de ces chefs qui montrent clairement que l'homme ne reste qu'un enfant'. Et si par nos propres sagesses nous évitions d'exacerber chez eux ces cordes fragiles qui mènent vers les excès humains ou simplement vers les abus d'autorité, n'aiderions-nous pas ainsi le processus de limitation de pouvoir ou d'abus de pouvoir.

Il faut reconnaître qu'à chaque fois qu'on force

un homme à mal se comporter, quelle que soit sa position, l'homme se comporte mal. Robespierre, Saint-Simon, Saint-Juste en France ; Burr versus Hamilton aux Etats-Unis, Henry VIII versus Cromwell ; Toussaint versus Moïse. Certains hommes ne se laissent pas bouleverser impunément, ils bouleversent en retour. L'endurance humaine a bien ses limites.

La Bible aussi reconnaît qu'une parole douce calme la fureur, il faut bien discerner qu'à un président est dû un certain niveau de respect qui l'amène à se respecter et à respecter en retour. Mais ce respect, quelle doit être sa nature et sa dimension pour faire appel à l'humilité d'un homme au timon et qui est très conscient de son pouvoir ? Qui n'est pas d'ailleurs conscient de son pouvoir? Le charbonnier est conscient qu'il doit être chef chez lui. Tout le monde aimerait 'être prophète chez lui'. Le Portugais aimerait travailler à mériter son pain sur son lopin. Tout ce qui contribue à provoquer un homme ou une femme, y inclus un président, à être hors de lui-même, hors d'elle-même, ou hors de son village le tape sur les nerfs et l'enrage.

Spécifique à la réalité politique haïtienne, la manie d'être un opposant à tout ; un détracteur inconditionnel fait toujours des dictateurs, ou dans le cas contraire un chef de doublure ; et les constituants haïtiens à quelque niveau qu'ils se trouvent placés refusent de respecter l'autorité établie. Ils prennent plaisir à être détracteurs, antagonistes ou se cachent derrière leurs costumes et cravates pour inciter ceux-là que nous continuons à appeler encore les va-nu-pieds à la cassure généralisée.

D'un autre côté, n'est-ce pas une menace

outrageante, une injure et un manque de respect flagrant que de vouloir remplacer demain un homme qui, hier, s'est trimé dur, s'est avili, s'est dépensé, s'est cloué aux frontispices de la bêtise exaltée pour exprimer son droit citoyen en ayant devenu chef. Autrement, il a bien le droit de prendre une mesure catégorique contre la délinquance politique contre leur présence légale, par la volonté populaire, au timon des affaires. Nous devons trouver une façon de laisser la démocratie prendre soin d'elle-même sans faire peur comme un océan se nettoie de ses souillures.

Faisons allusion aux crises de rage de nos puissants hommes tourmentés, rages exprimées dans des boutades qui étaient devenus des mots célèbres même quand elles les avaient emmenés soit à l'exil, en prison ou à la tombe la plupart des fois. Une récapitulation juste nous permettrait de comprendre leur rancœur. C'est qu'ils devaient faire face à d'innombrables tourments pour s'imposer ou imposer leur intention d'un brin de bien-être pour la majorité et éventuellement pour tout le pays.

Un chef doit se comporter comme espéré, un constituant doit se conformer comme requis à la lumière du Contrat Social. Sinon, nous serons toujours des grenouilles qui voulons un nouveau roi. Et à chaque réitération d'une telle nécessité, ce n'est jamais un pacifique qu'on obtient, mais un homme que la réalité historique apprend et oblige à endurcir sa position.

Alors, quand le tonnerre politique gronde par notre incompréhension, il n'y aura que ce qui est sous la main sur qui compter, mais jamais les amis lointains à nous empêcher de courir ou mourir car les puissants alliés interviennent toujours trop tard.

L'hypocrisie politique a les dents longues et affilées. Comptons sur nos sagesses nationales d'abord et sur des supports d'outre-mer seulement après que les linges sales furent lavés en famille. Et pourquoi, d'ailleurs, ne pas questionner notre propre bonne foi? Qui vraiment aime qui tout à fait en politique? C'est toujours une affaire d'échange de bonne foi contre mauvaise conscience.

Pour paraphraser un mot de Frantz Duval du Nouvelliste, 'le peuple, les amis d'Haïti et le monde entier doivent laisser s'installer, par respect, par complaisance constitutionnelle l'élu du moment, au nom de la progression nationale jusqu'à preuve du contraire'. Sinon le chef de l'état sera souvenu pour n'avoir rien amorcé et d'avoir été faible même quand il aura été l'un des meilleurs présidents du monde. Beaucoup de présidents de l'histoire universelle Jimmy Carter, Giscard D'Estaing, René Préval, par exemple étaient des politiciens modestes, moins étincelants que beaucoup d'autres, mais ils avaient marqué l'histoire comme eux seuls pouvaient. Ils sont des étoiles ternies qui pourtant brillent encore mieux par l'indélébile héritage politique qu'ils ont laissé à la postérité que la prospérité qu'ils n'étaient pas laissés la latitude d'enclencher. Peu importe alors qui chante les vertus de qui après la chute pendant qu'il causait sa migraine quand il était au pouvoir.

Les législateurs, un peu hostiles à Martelly pour les besoins de la diversion politique rongeraient bien leur frein demain s'il devait dire 'Je regrette n'avoir pas donné assez de temps et de latitude à cet homme devenu chef pour se récupérer et faire ses preuves'. Si tous les constituants pouvaient respecter, ne pas menacer, ne pas injurier, ne pas provoquer, ne pas préparer des pièges et des embuscades, aucun chef n'aurait à répondre du tac au tac. Qui aime les échecs? Qui aimerait se faire passer pour un monstre quand il était connu pour un individu pacifique et raisonnable avant le pouvoir?

      Assez souvent une montée n'est qu'une chute et une victoire politique un saut périlleux. Alors, soyons lucides et surtout soyons respectables et respectés; mais, avant tout, soyons respectueux des principes républicains qui nous régissent, soyons conscients des droits de tout citoyen, grand ou petit. Que personne n'oublie, y inclus les chefs, surtout les chefs, qu'aujourd'hui c'est Waterloo, demain Sainte-Hélène. Aujourd'hui c'est le podium, demain l'échafaud. Aujourd'hui c'est le fauteuil suprême, demain le banc déplaisant de la réflexion. Aujourd'hui c'est la cathédrale et le curé, demain le cimetière et le croque-mort. Aujourd'hui c'est le lit douillet, demain la paillasse. Aujourd'hui c'est la Grenouille, demain c'est le Pélican.

Haïti, terre de surprises ou de déjà vu

Il faut avouer que l'avènement de Martelly au pouvoir a laissé tout le monde interdit pour un moment en dépit des arguments bruyants en faveur de sa candidature de la part de certains. Il fallait se rendre à l'évidence de l'étrangeté de cette histoire pour la simple raison qu'elle était aussi nouvelle que fantaisiste en toute apparence. Toutes les premières fois comportent leurs impulsions, leurs émotions, leurs passions et leurs caractéristiques propres. On a écouté, avec une attention soutenue et avec les yeux humectés, le candidat heureux accepter son élection à la présidence et présenter ses excuses et ses respects à son rival Mirlande Manigat.

La plupart de nous avaient franchement dit merci à Dieu pour Michel Martelly et l'avaient félicité lui-même pour avoir bravé les tabous et les avoir renversés la façon dont il était le seul capable de le faire. Intellectuels ou pas et malgré les aigreurs exprimées par le secteur cérébral contre sa candidature, contre sa campagne et contre son élection, ils doivent stoïquement admettre qu'eux, ils ont fait fiasco pour la plupart pour n'avoir jamais été consistants, politiquement parlant. Michel Martelly s'était imposé dans toute la fleur de ses bêtises louées, disons mieux tolérées, par certains et reprochées par la plupart ; mais il est resté ce qu'il a été avant la présidence en termes d'être fidèle à ses offres d'accentuer la nécessité de services publics adéquats.

Car, à la vérité, après les premiers moments de surprise, on devait avoir une bonne raison pour avoir envie d'évaluer Martelly même par curiosité, appuyer sa candidature ou l'exécrer et rejeter d'un revers de main ses efforts vers la première magistrature de l'état. Mais il semble que le revers de conscience a remplacé le revers de main et les yeux de la plèbe croyaient voir un surprenant Michel Martelly à travers un écœurant Sweet Micky. La hargne contre lui a distordu l'image en sa faveur; et de flou et terne, il devient discernable et scintillant. Le président du compas était grotesque jusqu'à l'épisode de l'Université d'État d'Haïti, le président du pays devint chevaleresque puis nostalgique revenant périodiquement à la charge musicale mais toujours un serviteur patriotique zélé.

Le peuple qui admirait le don juan chantant surnommé Sweet Micky aurait d'autres arguments pour ne pas avoir voté Michel Joseph Martelly. Il pourrait avoir eu la peau un peu trop claire pour s'intéresser vraiment à changer le destin d'une populace plutôt couleur-corbeau ou d'être issue d'une couche socialement privilégiée pour certains. Mais de tels argument ne pouvaient se tenir debout trop longtemps même quand ils avaient effleuré certaines consciences, car chez nous en Haïti, il n'y avait jamais qu'une lutte de classe opposant les couches sociales autour de la question de couleur. Il y avait surtout une lutte d'influence, défense acharnée d'intérêts visant seulement à récupérer les intérêts perdus ou défendre du bec et des ongles ceux jugés faussement menacés.

Donc, la lutte c'était toujours plus pour assurer la suprématie d'une clique sans tenir compte essentiellement de l'élément couleur de peau. Nous avions toujours eu des problèmes politiques à résoudre et à un certain moment de la durée historique, à part les nègres triomphants de la guerre de l'indépendance qu'on devait récompenser en les faisant chefs, aucun noir ne possédait le niveau de connaissance intellectuelle, professionnelle ou technocratique assez avancé pour être vraiment sur la scène sociopolitique. Qui s'opposait vraiment aux démarches d'établir l'ordre dans les finances sous Pétion, qui étaient les membres du Corps Législatif qui lui donnaient du fil à retordre sinon ses homologues mulâtres tout comme lui. Donc, tous les grabuges historiques du passé n'avaient que deux fomenteurs, blancs et mulâtres. C'était vraiment entre les blancs, entre les blancs et les mulâtres ou les mulâtres entre eux. Les noirs n'étaient que des instruments, des bras pour les luttes à mener pour conquérir tout ce qui ne serait jamais leur privilège

Les héros de tous les jours qui ont versé sang et sueur pour nous faire une patrie et la maintenir vivante à grands renforts de sang et de sueur avaient un autre Messie, Aristide ayant été absent de la scène. Son nom était Michel Joseph Martelly. Ils exprimaient pour Martelly quelque chose qui n'était qu'affection, pur et simple, parce qu'il communiait constamment avec eux et leur communiquait son état d'âme et d'esprit à travers des refrains qui devenaient entre-temps des cris de guerre dans la lutte pour conjurer le mal haïtien.

Pour ce qui concernait cette complicité circonstancielle entre le peuple et Martelly, ce n'était même pas le cas des considérations comme faute de grives nous prenons des merles. C'était en outre plus qu'un mariage de raison. C'était une belle fête d'affinités et d'amitiés profondes et qui persiste encore.

Les messies politiques viennent et s'en vont, embarrassés, confus, exilés, assassinés de corps et de caractère. L'électorat favorable à Martelly semblait souhaiter dans leur plébiscite que 'celui-ci demeure à l'ombre des autres, morts ou vivants qui avaient essayé le saut périlleux présidentiel pour nous arracher de cet embarras national'! Qu'il brille pour ceux-là que l'on a éteints, qu'il étincelle pour les étoiles ternies! Haïti et le peuple Haïtien ont prouvé une autre fois qu'ils nous réservent toujours bien d'agréables surprises.

Michel Martelly, le chanteur qu'on croyait léger, le danseur spontané, le technicien de l'âme humaine a épaté. Celui qui a su renverser les tabous persistants, conjurer les malheurs tenaces qui refusaient de succomber et corriger les mœurs en chantant, par sa voix il a conquis, par sa fougue il a asservi, par sa virulence bienveillante, il a captivé, par sa bonne volonté et la nôtre il sauvera la nation du gouffre.

Sur une note toute personnelle, je n'ai jamais eu l'opportunité d'assister à aucun de ses chocs musicaux, mais j'ai entonné ses refrains engagés qui exprimaient les aspirations nationales; et j'aimerais bien pouvoir me compter, armé de ma plume comme instrument pour aider à écrire l'hymne de sa générosité patriotique, rien que pour être parmi ceux-là qui voudront bien l'aider à l'écriture de la plus belle page de sa vie et d'une autre belle page de l'Histoire d'Haïti. Je voudrais dire au monde, par la plume, qu'il est encore permis aux humbles de par le monde de triompher à travers les tendances libertaires et par le truchement d'un seul homme, scandant d'une seule voix, la voix du peuple, la voix de Dieu, le repos en paix des tendances totalitaires qui ont avili la race humaine et endeuillé le monde et qui principalement ont réduit le peuple haïtien, des forgeurs de nation libre, à sa plus simple expression, sa plus vile humanité, puis ont ravagé les espérances haïtiennes.

. Que ce Cendrillon de la politique de chez nous enfourche le soulier magique et reprend sa place au concert des géants de la liberté des hommes. Michel Martelly a instamment félicité le peuple Haïtien pour sa confiance, sa constance, sa résilience, sa grandeur dans les souffrances des plus atroces qu'un être humain puisse éprouver. Ce peuple Haïtien qui avait fait de nous des hommes libres et promoteurs d'idées grandioses sans cesse renouvelées à travers les âges dans des conditions que Napoléon Bonaparte ou Thomas Cromwell ou Georges Washington ou Pancho Villa croirait impossibles. Qu'on dise qu'Haïti est le premier pays au monde à asseoir un homme jugé moralement pestilentiel sur le fauteuil présidentiel. Quel défi levé avec véhémence. Haïti est vraiment terre de surprises, et j'ai l'impression même que les cendres se solidifieront en diamant noir dans le processus de renaissance. Sera-ce une autre surprise ou du déjà vu ? En attendant, continuons d'éduquer le monde avec les moyens du bord.

Une autre question s'impose ici, et dans la réponse git la logique des sentiments supérieurs voués au chef d'orchestre devenu chef suprême de nation. Tout comme lui-même, par sagesse ou par cette fourberie dont il a le secret, a dit à son rival principal, Mirlande Manigat 'Je ne suis qu'un chef d'orchestre; vous, vous êtes une Professeure d'Université'. La chose veut qu'il n'y ait que des antagonistes qui se disent la vérité. Dans cette- circonstance-ci, Joseph Michel était-il l'ami ou l'ennemi de Mirlande ?

Dans Martelly, n'y-a-t-il que le grotesque, le burlesque et le fantasque ? Personne ne doute de la réponse à cette question. Non, il n'est pas que ces épithètes énumérées plus haut. Toutefois, ce n'est aucun fanatisme dissolu ni esprit de partisan au rabais qui commanderait cette réponse de quiconque par le négatif. Si la vérité ne résidait pas que dans les nuances, n'y aurait-il pas lieu de voir seulement la vérité dans cette apologie.

Je redis encore qu'il a peu de personnes dans le monde à pouvoir allier si bien le burlesque au chevaleresque, le rien au magnanime, tel que par exemple offrir un acte de naissance pour la première fois, en chantant tenez-vous bien, d'une main et une plantule de l'autre main à des milliers de ses concitoyens engageant ainsi leur conscience patriotique. Pour appuyer mon objection quant à la bouffonnerie permanente et irresponsable de l'élu d'avril 2011, faudrait-il par des arguments irréfutables convaincre le lecteur que les moyens de Dieu peuvent être vraiment insondables en bien des circonstances et en de nombreuses manières?

Une simple analogie s'impose ici pour faire état de la médiation métaphysique aux choses terrestres. 'Et Dieu nous a donné Romario', voici en quels termes les Brésiliens avaient réagi, à part les vociférations et les festivités interminables, quand, pour la première fois après Pelé, six épisodes plus tard, ils parvinrent à remporter en 1994 une coupe du monde, malgré les classiques performances en 1982 et en 1986 de l'équipée à Télé Santana et qu'il n'y avait personne pour remplacer Pelé aux trouvailles des buts adverses. Puis vint

Romario, aidé de ses complices, et le cycle de défaites des Brésiliens à remporter ce titre connut sa défaite. Ainsi, il y a toujours moyen de déceler la main de Dieu ou de la Nature dans les affaires humaines jusqu'aux compétitions sportives.

C'est que dans bien des circonstances, les vertus et prouesses humaines ne suffisent pas pour le triomphe convoité. Il nous faut tout au moins l'impression de la descente de ce qui est supérieur à l'homme. Une telle impression de coup de main transcendant trouve son explication dans la psychologie, dans la philosophie ou dans la religion pour établir la démarcation, vraie ou imaginaire, entre le fait divers et l'évènement extraordinaire, entre le commun des mortels et l'illuminé ou le visionnaire. Dans cette perspective analogique, Romario devait avoir été tout comme Pelé ou Maradona plus qu'un joueur de football ordinaire, mais un visionnaire comme notre propre Manno Sanon l'avait été à Munich en 1974, détrônant Dino Zoff de son invincibilité.

La dernière fois que j'ai pris la chance de chanter les vertus décontractées de Martelly, j'ai eu le nez pincé par un vieil ami de moi, camarade de combat au Lycée Toussaint Louverture. Il a vu une certaine flagornerie dans cette évaluation de ma part. Cependant, l'homme qui fait signe qu'il voudrait sauver notre pays toujours assis sur les rebords dangereux d'une fatalité sociopolitique persévérante mérite définitivement un coup d'œil perspicace et équitable dans son évaluation générale.

Loin de moi la pensée qu'il serait supérieur en fougue à la plupart de ses devanciers sur la scène fatidique. Je pense de préférence qu'ils avaient tous préparé le terrain pour lui et qu'en homme pratique il a vu la nécessité de suivre leurs pas mais en adoptant une autre attitude envers la course pour la présidence et envers la présidence elle-même. Il a simplement choisi un boulevard moins hanté, une allure bohême de «je m'en fous pas mal», une immoralité-stratagème qui le maintiendrait debout quand la moralité le laisserait tomber, pour monter sur le piédestal perfide et dangereux, là où les autres étaient avant lui.

'Je prends le relai du président René Garcia Préval', il a martelé dans son discours d'investiture. Mots historiques, geste magnanime; et la passation de pouvoir pacifique de Préval ne l'était pas moins. Son tempérament et son style d'amuseur incorrects et hors-pair devinrent politiquement corrects et le servirent bien.

Dans mon entêtement à croire en le devenir meilleur d'Haïti, je persiste à voir en son ascension bizarre, pour le moins qu'on puisse dire, la main de ce qui est plus fort que l'homme. On dit qu'il doit y avoir un Dieu quelque part, qu'autrement 'il faudrait inventer un' pour permettre soit le droit d'espérer ou bien le privilège de pouvoir questionner les mystères de l'existence. De toute évidence, personne n'était devenu jusque-là président de la sorte, dans aucune partie du monde.

Toute rectitude morale étant intempestivement en vigueur, quelqu'un qui danse dans sa jupe deux ans plus tôt – qui peut oublier Ti Simone - ou dans d'autres circonstances l'homme qui danse à cinq heures de l'après-midi devant un électorat pendu à ses lèvres, arc-bouté à ses rêves, servi et asservi par ses tours de reins, et qui se présente à sept heures devant le camera de la Télévision Nationale pour délivrer l'un des plus convaincants programmes politiques, devait être servi lui-même par une de ces forces qui rendent certaines personnes irrésistibles devant la foule. Devant la foule, le Très-haut semblait lui avoir donné la main. C'est ce qu'il prend souvent, quelqu'un pour faire le signal salutaire et à travers ce quelqu'un on voit toujours Dieu qui choisit de se manifester à sa façon. Un coup de main de La Providence s'avère souvent nécessaire et est palpable à chaque fois.

Dieu nous a donné Toussaint Louverture, Dessalines, Pétion et Christophe pour créer la surprise de tous les temps. Dieu s'était servi d'eux pour mettre fin à une misère sans nom et sans poésie, l'asservissement abusif de l'homme par l'homme et Haïti a simplement refait l'histoire universelle et donné une autre dimension à la liberté individuelle et humaine. Dieu a donné Abraham Lincoln, Martin Luther King, Kennedy et Obama aux Etats-Unis d'Amérique. Dieu a donné Robespierre et Général Pétain à la France. Dieu a donné Castro à Cuba. Dieu a donné Fernandez à la Républicaine Dominicaine pour une première fois spectaculaire dans les annales de cette nation foncièrement, drôlement préjudiciable à la peau foncée, et Hugo Chavez au Venezuela pour le renouvellement du Contrat Social Vénézuélien. Tous étaient et sont des hommes qui prouvent, pour une première fois, que les choses peuvent être ou se faire autrement quand on ne voit aucune porte de sortie.

Là ne s'arrête pas ma pensée. Dieu nous a donné le président que nous avons actuellement. Pourquoi?

Pour donner une autre impulsion à nos rêves déchus. Personnellement, je suis sensible à certaines choses bien spécifiques et la plus importante pour moi est de voir mon pays d'origine devenir un état de droit où le pauvre et le riche vivent et travaillent côte à côte comme des cavaliers de Mestros vers le même objectif : rendre la vie possible en société. Ainsi, de tout ce qu'a promis Martelly et qui a retenu mon attention, il a fait le pas le plus important : celui de la réconciliation nationale. Plus que réconcilier des Hommes, il a réconcilié des systèmes politiques faiseurs de civilisation, il a réconcilié la nation Haïtienne avec elle-même. Je ne m'attends même pas à ce que ses promesses matérielles arrivent à exécution car tout fait mentir un président quant aux promesses de sa campagne. Mais arriver à réconcilier l'homme avec lui-même, une nation avec elle-même, il prend plus qu'un homme, il prend une légende. Ceux-là qui avaient bien voulu offrir l'alternative de la réconciliation et qui avaient été accablés, amoindris, et ruinés auraient un bien meilleur témoignage à propos.

Tout Contrat Social établit que certains hommes méritent d'être chez eux et d'évoluer pleinement malgré les erreurs passées, avérées ou supposées, quand la justice règne. Il faut donner à l'Homme l'opportunité de se relever là où l'Homme d'état avait échoué. Jimmy Carter pour un exemple, altruiste convaincu, a pris son bâton de pèlerin au nom de l'Habitat pour l'Humanité et tant d'autres œuvres sociales qui font de l'homme plus que le président, Giscard d'Estaing a pris sa plume et devint Chroniqueur, inscrivant son nom dans les annales quotidiennes de la France peut-être mieux que la présidence lui en avait fourni l'opportunité. J'ai vu récemment René Préval faire état à Martelly de ses œuvres humanitaires au cours de la tournée du président à Marmelade. Geste magnanime qui fera de sa renommée de président pacifique seulement une gloire modique.

Ces présidents susmentionnés ne sont pas retenus pourtant comme des leaders scintillants, mais comme des spécimens humains par ce qu'ils ont fait pour laisser une trace indélébile plus que sur l'histoire humaine mais sur l'expérience humaine. Ils comprennent que le président est souvent beaucoup plus empêché que l'homme parce que les intérêts convoités et obtenus ne sont guère les mêmes. Alors, ils s'attèlent à montrer leur généreuse humanité loin du fauteuil présidentiel.

Pour une autre courte rétrospective historique explicative, en 1971, Jean-Claude Duvalier devint le jeune héritier d'un gouvernement fort qui voulait se pérenniser pour asseoir ses acquisitions obtenues au sein des difficultés sociopolitiques des plus sagaces et des plus inimaginables de toute l'histoire d'Haïti. On connaît tous l'histoire du choc des titans de nos grands-pères déchaînés parfois déraisonnablement antagoniques qui ont toujours tenu notre survie nationale en haleine depuis 1804. Pacifique sur les rebords pour amortir les chocs antérieurs, tout en ayant eu soin dans certaines circonstances de serrer sa poigne, le jeune leader fit face à une opposition ferme orchestrée par les media d'informations qui s'étaient vus enlever le museau pour une plus juste expression libertaire par le truchement d'une certaine latitude concédée à la presse un peu après la mort du père.

Des dérapages surtout économiques à la fin dans

le Contrat Social avaient provoqué le malaise qui allait causer sa chute. Il partit pour l'exil et fut revenu à son gré au grand désappointement de certaines cliques pendant que dans l'ensemble la bienvenue lui était assurée. Pourquoi pas ? Allons-y ? Le fils d'un des plus grands visionnaires haïtiens et lui-même président libéral, où est-ce qu'il doit vivre, semblait avoir été la réplique nationale consentante à toute réticence quant à ce retour. Quant à la Justice à se prononcer est une autre affaire.

En 1989, j'ai écouté un discours jusque-là inconnu d'un puissant Général-Président nommé Prosper Avril. Coincé de tous les côtés, il a déclaré à la télévision : « Si le peuple veut que je laisse le pouvoir, je laisserai le pouvoir». Je pensai que c'était sublime, vu l'immensité du pouvoir de l'homme. Imaginez un discours de ce genre de Trujillo, de Pinochet, de Vidella ou même l'un de nos fameux décorés du passé. Et j'ai vu là un petit pas vers la démocratie.

En 1991, Jean-Bertrand Aristide était devenu le premier président d'Haïti vraiment élu démocratiquement. Il a pris des positions graves pour relever la dignité de l'Homme haïtien qui lui ont coûté des haines incommensurables. Il a mis l'emphase sur le paiement des impôts et porté un peu trop haut sa volonté de voir les humbles Haïtiens passer de la misère à la pauvreté dans la dignité, et c'était la goutte de trop. Il a commis l'erreur grave d'oublier que nous acceptons têtes baissées de payer les impôts partout dans le monde, mais chez nous il prend une guerre civile pour imposer un si simple devoir patriotique. Aider l'état à faire face à ses obligations administratives et pécuniaires devait toucher notre indulgence, pour le moins patriotique sinon humanitaire, mais devint plutôt sujet de discorde.

On fait beaucoup ou peu, on donne un peu, simple arithmétique pour contribuer et permettre au pays de survivre dans la dignité. Dans un pays fait de capables et d'incapables, de nantis et de démunis, les capables refusent, les non-capables sont empêchés. Bizarre. Aristide a été chahuté, exilé, et son caractère assassiné en porte encore des égratignures profondes.

Trois noms de grande envergure politique. Trois hommes qui ont marqué notre histoire en lettres indélébiles. Les torchons sales doivent être lavés désormais entre familles sans gémissements, sans grincements de dents au grand dam de tous les faux bien-intentionnés qui ont toujours tout vu, excepté nos misères. Et pour jeter ce pont bienfaisant entre l'homme haïtien et l'homme haïtien, Dieu nous a donné Martelly pour faciliter le dénouement heureux. Que ce fut génial de sa part d'avoir choisi d'initier cette facette de notre reconstruction à travers les anciens hommes forts.

Comme je veux croire que toutes les figures politiques déjà rencontrées et celles-là qu'il projette de rencontrer dans le futur pour faire d'eux des complices de ses rêves de régénérescence généralisée; ils s'étaient tous engagés avant leur échec respectif à faire succomber le mal haïtien. Voué à la réconciliation de la nation avec elle-même, pour avoir emmené le dialogue jusqu'à leurs portes, jusque dans leurs vies privées, livraison à domicile de la raison politique pour détrôner la déraison chez nous en Haïti et dans la conscience de l'Homme haïtien partout où il se trouve, cet effort mérite une ovation debout.

La Providence politique nous a donné Martelly pour lancer cette première pierre authentique dans les annales de notre histoire. C'est l'entente et la réconciliation dans les airs. Ce qui fait une nation, c'est sa propension à rassembler ses vertus en un faisceau fort pour combattre ses faiblesses. En cette perspective, la nation peut à peine attendre de voir ensemble tous nos anciens hommes forts, comme j'ai prophétisé une telle occurrence chez nous bon nombre d'années plus tôt durant les obsèques du président Nixon quand j'ai vu cinq présidents américains debout l'un à côté de l'autre dans la posture la plus cordiale qu'on puisse imaginer.

Dieu a permis à un ancien chanteur turbulent, Ti Simone dans ses jours moins glorieux, peut-être plus glorieux, d'être le chef de cambuse pour favoriser la danse en rond de la réconciliation politique. Une question. Qu'est-ce qui a toujours fait de nos hommes politiques des ennemis, de toute façon? Mystère ou ambition personnelle! Un ennemi commun, irrationalisme, armé de tentacules assez longs les avait toujours divisés pour établir son règne absolu.

Dorénavant, nos mauvais grands-pères, morts ou vivants, doivent comprendre qu'eux non plus n'étaient pas des enfants de chœur et qu'ils doivent s'arranger pour donner une chance à Haïti. Et nous autres, de même, nous devrions contempler la possibilité de cesser de reprocher aux grands-pères des autres les mêmes fautes ou certaines plus cruelles encore commises par nos propres grands-pères. Ils avaient, de plein gré, initié la débâcle moralement rongeuse et physiquement exterminatrice. Ils avaient, eux surtout, fomenté les difficultés qui nous ont conduits tous dans l'abîme où nous sommes. Ils avaient allumé le feu qui nous a tous consumés. Il est temps aujourd'hui de laisser leurs os et leur mémoire se reposer en paix.

Et pour réitérer mon impression, je n'ai jamais vu un homme mélanger le burlesque au sérieux si admirablement. Le grotesque et le fantasque chez Martelly côtoient élégamment le chevaleresque pour faire de lui l'un des chefs d'état des plus enthousiastes qu'Haïti ait jamais connus. Président Martelly est grandiosement luron, franchement patriotique, carrément progressiste ; il n'y a pas et ne devrait en avoir aucune discussion là-dessus. Il a cette capacité rare de pouvoir démontrer son sens d'humeur et son sens d'organisation dans les affaires à tour de rôle. Il l'a démontré durant la course vers le palais effondré, l'espace d'une heure entre un podium plébiscitaire à Pétion-Ville puis devant une caméra à la Télévision Nationale.

Un homme qui a fait ses preuves de progressiste en une discipline quelconque peut tout aussi bien le reproduire dans d'autres disciplines. Il y a une convergence indiscutable dans les goûts pour le succès et dans les trajectoires qui y mènent. Les antagonistes de la campagne présidentielle de Bill Clinton, pour questionner sa chance de réussite en tant que président, arguaient que son succès en Arkansas comme gouverneur ne devrait pas constituer une évocation valable sous-tendant son apprêtement à diriger les Etats-Unis d'Amérique dont le succès réclamerait plutôt un plus haut degré d'expérience politique amassée dans un état à réalité sociopolitique beaucoup plus complexe. Clinton élu président a prouvé la légèreté relative d'une telle approximation.

Martelly est en train de prouver de nos jours que,

vraiment, il y a en lui les mérites de plus qu'un chef d'orchestre. Il mène la danse patriotique avec autant de détermination, de brio et de ferveur qu'il a mené celle folklorique. J'ai eu l'opportunité de voir quelques vidéos de lui dans ses périples un peu partout au pays d'Haïti toujours dansant, toujours riant, toujours gai luron, mais sans cesse dénonçant et vitupérant. Une telle démarche doit être moralement embarrassante pour nos faiseurs de principes un peu en chômage ces jours-ci. Qu'un chanteur de compas trouve l'audace et l'adresse politique nécessaires pour faire la leçon aux gérontes réputés célèbres de la politique haïtienne doit être au contraire moralement exaspérant.

De mémoire d'homme et autant que mon humble érudition me permettrait d'haranguer, je n'ai jamais constaté, lu quiconque - homme politique, artiste ou acteur – brasser si talentueusement le drôle au magnanime. Il fait aisément pâlir Washington et Hollywood à la fois. La définition du cinéma en tant que 'la vie omettant les épisodes ennuyeux' se plie merveilleusement à la performance de Martelly sur les théâtres de la musique et de la politique. Il enlève l'ennui de la politique comme du cinéma. La politique devient tout court un rêve les yeux grands ouverts pour la plupart des observateurs toujours étonnés d'hier et d'aujourd'hui, curieux de ce que demain sera fait.

Franchement, la machine à faire croire de la Californie et les institutions faiseuses d'adroits politiciens de par le monde ont encore du boulot sur le tapis pour produire des pareils à Michel Martelly, chanteur polichinelle devenu soudain habile politicien et magicien du triomphe instantané. Hollywood va pouvoir trouver un acteur à talent autrement supérieur, un Will Pharrell ou un Samuel Jackson pour prétendre à une telle dextérité artistique dans ce rôle. Chez Martelly, la palme de charisme laborieusement décrochée atteint une toute autre dimension.

J'ai vu, on a vu avant des présidents laisser le beau temps rouler. Jeune adulte, j'ai vu Joe Archer faire chanter Jean-Claude Duvalier au Ciné Théâtre Triomphe de ces années-là. J'ai pensé que c'était dégourdissant. Je suis encore en possession d'une cassette de Jean-Bertrand Aristide chantant accompagné de son orchestre évangélique, électrisant les aspirants au changement sociopolitique du peuple haïtien, c'était remarquable. J'ai vu Préval à la Télévision manœuvrer le chacha en compagnie de Sweet Micky, d'Albert Chancy et de Touco Bouzi au Palais National, c'était déridant. J'ai vu un Premier Ministre Italien chanter une chanson d'amour à la télévision, c'était charmant. Puis j'ai vu Hugo Chavez chanter à la Télévision Vénézuélienne.

Avec Michel Martelly, l'ensemble musique/politique est bien magique et atteint bien un autre paroxysme. Fort de tous ces exemples, permettez-moi de réitérer avec humilité et sans aucun motif d'intérêt personnel que Michel Martelly est l'artiste doublé de politicien d'Haïti et peut-être du monde le plus habile de toujours. Il a fanatisé et politisé Haïti et une bonne partie du monde faisant rire et danser de nos travers sociopolitiques.

L'exemplaire humain qu'est Michel Martelly a tourné une page décisive dans l'histoire de notre pays. Aristide a ouvert la voie ayant fait d'Herman Nau, batteur du Tabou Combo, commis de l'Etat, mais

Martelly est le couronnement de cette ouverture vers une Haïti pluraliste dans nos mœurs ci-devant étriquées. Le rideau du déjà vu du rêve est tiré et Martelly a fait sienne de la tragédie Haïtienne digne de notre quotidien revêche, de la Comédie Humaine digne de Languichatte Debordus et de Tonton Bicha, puis de la Condition Humaine telle que seulement perçue par Frédéric Marcelin et Maurice Sixto.

La politique Haïtienne était secouée dans ses assises bien avant la terre d'Haïti par le séisme. L'on pourrait aisément jurer, malgré les préjugés tenaces et la permanence de nos malheurs, que maintenant la réalité politique Haïtienne a changé pour de bon. La défroque vétuste, surannée, l'eau sclérosée, la réalité dégradante, avilissante et destructrice ont pris bien plus que deux siècles pour accepter la défaite de leurs faiblesses.

À ce point de vue, même son adversaire le plus acharné aurait été sage d'accepter sa défaite et dire, c'est génial quoique mon ennemi. Avec dextérité, il a créé un politicien génial, génial dans son dévouement spectaculaire, à partir d'un musicien intentionnellement arlequin, et son coup de maître veut paraître plutôt traître et usurpateur quant à l'élite politique et change pour de bon le panorama politique haïtien. Il mérite un chapeau de quiconque, sans flatterie aucune. Mais il prendrait trop de courage, comme nos politiciens moyens ne l'ont pas, pour l'admettre.

Que la raison guide ses pas et la bonne foi de ses amis comme celle de ses ennemis pour faire transcender ses frères artistes aussi. Ces derniers ont toujours été un immense gaspillage culturel quoique génies impayables, travailleurs infatigables et mal rémunérés dans les tranchées d'un quotidien de plus en plus acerbe et ingrat aux ambassadeurs de notre prolifique imaginaire. Tous les haïtiens sans distinction et Haïti méritent finalement une autre dimension d'humanité et cette présidence laisse l'impression qu'elle délivrera la marchandise convoitée à domicile. Alors, marchons à coups de petites victoires vers des lendemains meilleurs.

Certainement, la mésentente, telle une guigne séculaire, continuera à frayer un chemin subtil pour assombrir le fond de cette toile historique spectaculaire tissée par un artisan émérite de l'imaginaire musical haïtien. Cette mésentente politique en question je la vois venir en toute vitesse, persistante, mécanisme sans freins, sans éclairages pour réitérer l'observation que l'entente est bien une notion dont l'intelligentsia Haïtienne se montre incapable. Au plus fort de cette espérance, une question s'impose.

À qui profiterait une autre levée de cette brouillerie sociopolitique qui a gangrené toutes nos meilleures aspirations jusque-là et nous a concocté 'un pays au destin si fragile' tel qu'entonné par Ansy Dérose? Et, encore une autre question, dans l'éventualité où la mésentente serait rentable à quelque chose, en quoi serait-elle utilitaire? À supposer qu'elle serait utilitaire à une cause individuelle quelconque, en quoi le serait-elle à la cause collective? Et que vaut l'individuel sans le collectif?

Peut-on voir un Homme sans les Hommes ? Peut-on jamais aimer Haïti sans aimer les Haïtiens ? Peut-on aimer l'élite sans la masse ? Peut-on aimer la famille haïtienne imaginaire sans voir la famille haïtienne réelle ? Ce serait quoi une élite sans une masse. Les élites sportives, intellectuelle, artistique, imaginaire, Haïtiennes ne viennent-elles pas de la masse ? Nos écrivains, pour la plupart, ceux qui ont la chance de bien le faire, qui vendent nos calamités à coups de plume, ne font-ils pas partie de cette nation que nous détruisons à coups de mésentente. Qui serait riche sans les pauvres ? À quoi compare-t-on quoi, et quelle serait la mesure ou l'échelle ou la balance ? Autant de questions qui ne nécessitent aucune réponse tant elles sont denses en leur essence et naissent du bizarre et du pathétique qui nous caractérisent si lamentablement.

En tout cas, Michel Martelly laisse la bienheureuse impression qu'il attend une réponse de chaque haïtien à une question que chaque haïtien conscient devrait se poser. À qui profiterait le prochain crime contre Haïti. Pour qui en définitive sonnerait le glas funèbre?

Chaque Haïtien devrait avoir une bonne raison de préférer à l'instar d'Anatole France 'la folie des passions à la sagesse de l'indifférence' ; folie des passions telle qu'elle est exprimée par Martelly, de façon tonitruante et visant à nous convaincre de la nécessité absolue de sa fougue toute patriotique. L'indifférence de nos prétendus sages nous a coûté jusqu'à l'avenir de nous-mêmes. La différence que nous devrions être prêts à faire doit sortir épurée du creuset fatidique de cette indifférence séculaire.

Des populistes comme Martelly maintiennent l'espoir humain en vie, ils donnent de temps en temps un sens à ce qui est humain dans l'humanité. Sans les populistes, nous mourrions tous d'étouffement par excès de notabilité, de désespoir, du trop-plein de nos égoïsmes effrénés, de stagnation d'abondance, de cécité spirituelle, d'indigence intellectuelle, d'ennui ou de constipation, enfin de n'importe quoi qui nous empêche de nous débarrasser de cet enfer créé par nous et contre nous, de tout ce qu'on conçoit plus contre soi-même que contre les autres, infectés par nos chancres intérieurs, explosés dans nos carapaces.

N'être pas assez sage pour se rendre à quelques évidences, c'est jouer avec ce feu qui nous consume spirituellement pendant qu'il brûle seulement le corps des autres. Empêcher toute extrémité hasardeuse qui laisserait tout le monde privé de tout, c'est le très haut degré de discernement auquel Martelly semble convoquer toutes les forces vives de la nation. Il prendrait plus que de la sagesse, mais un peu de dignité humaine pour nous faire comprendre que nous sommes devenus des sous-humains à force de faire des sous-humains par nos mesquineries intestines. Quand certains humains mangent de la terre cuite, ceux-là qui mangent rôti et caviar deviennent forcément des sous-humains et mangent aussi de la terre-cuite par association. Peut-on ne pas être sous-humains pour fabriquer des sous-humains?

La réalité sociopolitique Haïtienne est devenue sans raison une manufacture de sous-humains. C'est la question que se posent nos relations d'outre-mer et à laquelle Martelly essaie de fournir une réponse satisfaisante. Qui sont ces gens qui laissent leurs chiens ou leurs porte-faix mourir de faim et qui ne procurent même pas une éducation élémentaire à l'enfance nécessiteuse ?

À ce propos, je pensais que président Martelly

allait avoir la dragée à la portée de la main pour faciliter un dénouement bienheureux à nos crises séculaires. L'homme a fait de lui-même ce que je refuse encore de croire qu'il est vraiment pour attirer notre attention ainsi que celle du monde. De 'tafiateur', saltimbanque, souffre-douleur, il s'est fait seigneur dans son cri de cœur ou de guerre pour fournir une allure cérémoniale à notre réalité qui devenait infrahumaine avec le temps. Pour certains, il est bohême, Dieu le voit suprême dans ses démarches pour procurer un semblant de dignité aux vrais représentatifs du pays, l'arrière-pays accablé.

Haïti cesse d'être un pays dès qu'on traverse la rivière. Il n'y a que la nature qui sauve la face. Un autre monde qui défie l'imagination nous frappe en pleins yeux, en plein cœur. Le paysan qui nous sourit fait pitié. Martelly s'est sali la réputation pour prétendre pouvoir lessiver nos péchés à grand renfort de bamboches, de réprimandes, de commisération et de patriotisme. Il rappelle bien Alfred de Musset 'Le jour où l'hélicon m'entendra sermonner, mon premier soin sera qu'il faut déraisonner', se faisant obscurément extravaguant, et adepte de la déraison pour ramener à la raison. Il était, et Haïti avec lui, en route pour changer une autre fois la face du monde, pour trouver une certaine moralité au sein de l'immoralité.

Mal compris assurément et peut-être mal aimé, il a sermonné et déraisonné, il a entrepris des mascarades que personne n'a jamais entreprises jusque-là au nom de salut national. Il a monté à l'assaut de nos malfaisantes citadelles d'immoralité en immoral. Et, dans un sursaut désespéré, il a réussi à se faire élire, ayant fait naître un regain d'espoir de relèvement, un souffle enfin pour les

Haïtiens à bout de souffle, partout dans le monde et principalement en Haïti.

À un moment où personne ne représente personne chez nous aux yeux des étrangers qui nous grimacent en guise de nous sourire, qui nous donneraient volontiers des coups de poing dans leurs coups de main, qui nous embrassent mais qui préféreraient bien nous étouffer, qui nous lèchent pour ne pas nous mordre, à condition peut-être de les laisser mordre pour une dernière fois dans la chair meurtrie d'Haïti, Haïti la gracieuse et mystérieuse moribonde, accusée avec perplexité d'être une nation vodouisante sans pouvoir démontrer l'effet bienfaisant de son vodou prétendument malfaisant?

Notre prochaine mésentente nous laisserait sans partenaires en affaires, à proprement parler, mais des partenaires en division et en diversion qui n'ont aucun égard pour nous, mais un regard sur nous. En quoi, d'ailleurs, voulons-nous que l'étranger nous fasse confiance? Ils trinquent avec nous derrière un rictus grimaçant, énigmatique et automatique; ils grognent plutôt pour nous saluer pour nous avoir permis, par manque de patriotisme et abondance d'insouciance, de tomber trop bas au fond et trop loin en arrière.

Le mieux qu'un ami de l'étranger fera pour nous - quand se rendant compte que nous autres Haïtiens, drôles de petits nègres à peau claire ou à peau foncée, n'avons pas de cure ni patriotisme qui vaille - sera de faire quelque chose de nous, nous procurer un avion pour foutre le camp, nous mettre dehors dans un sourire, nous chasser de notre propre mansarde avec une gentillesse dure, nous mettre à la porte à l'amiable, signe de bonté de toute façon pour ne pas laisser nos frères affamés et fâchés nous déchiqueter les carcasses avant de les bombarder, eux aussi, comme on extermine des fourmis folles, rabougries à force de misères taillées sur mesure.

Et Haïti ne serait plus désormais la mansarde de l'homme libre, mais le pied à terre du maître. Un simple pied à terre pour le moment, parce que dépourvue des champs de cannes d'autrefois, et les sommets des mornes ne sont plus désormais bleuis de caféiers, de manguiers, de mombins, de chênes, d'acajous. Et la belle épopée d'Haïti que certains proclament sans se réclamer d'elle, sera ce qu'elle est déjà, une mélopée douloureuse qui fait pleurer ou un beau roman qui a été.

Dans son esprit chevaleresque, Martelly s'est fait le devoir premier de vouloir trouver une solution au dilemme national. Il sait qu'il va devoir coincer le défi haïtien, mais comment s'y prendre et par où commencer? Questions casse-tête pour le moins qu'on puisse dire.

Je présume que d'aussi fantaisiste qu'on l'aurait accusé parce qu'ancien artiste, Martelly sait comment s'y prendre. Je pense qu'en tant qu'homme rompu à la tradition d'entrepreneur, il ne voudrait jamais promettre d'autres illusions à une dizaine de millions d'Haïtiens affamés de progrès, assoiffés d'humanité moderne. Il a déjà été marchand de rêves pendant à peu près vingt-cinq ans de sa vie quand il faisait crier, chanter, déhancher. Maintenant, il se rend objectivement compte qu'il doit y avoir un peu de solide et de concret derrière sa fougue. J'imagine qu'il serait curieux, investigateur, intransigeant et aimable à la barre si on lui donnait la chance d'être aimable. Mais rien ne se concrétisera sans l'adhésion de tout le monde au programme national.

L'exigence première est de faire moins de politique à ce moment- carrefour historique où nous parlons de refonte. Le problème actuel est un héritage lourd sur lequel, tous, nous devons pencher. Le président a des experts avec lui pour l'aider à pencher sur les problèmes et comment y remédier promptement surtout efficacement. Je comprends bien la rigueur des mesures économiques actuelles, mais en économie tout comme en technologie pour faire les choses différemment, il faut voir les choses différemment et prendre des mesures différentes mais appropriées, qu'elles se révèlent impopulaires ou pas. Il n'y a rien de plus accablant qu'un président populaire obligé de prendre des mesures jugées impopulaires au sein d'intérêts si diamétralement opposés.

Pour le moment, le plus important est d'avoir une vision, une vision nationale qui ne peut se permettre le luxe d'échec, car comme Madame la Ministre Duvivier Pierre-Louis l'avait martelé une fois, 'Nous avons l'obligation de résultats'. Échouer vingt-sept après que cette dame a déclaré à la télévision que le problème avec Haïti c'est qu'Haïti n'est pas une nation structurée serait doublement lamentable. Et pour désarçonner la possibilité de cet échec, Michel Martelly à la barre entreprend un travail titanesque de réconciliation nationale; et il mérite le bénéfice du doute en ce sens.

Le plus important encore est d'avoir du soutien pour cette vision, je pense que là réside le plus grand problème auquel, non seulement Martelly, mais la plupart de ses prédécesseurs confrontaient, de la franche solidarité jusqu'au bout. Quant aux mesures actuelles du gouvernement, n'attendez pas à ce qu'elles soient populaires pour la plupart, mais leur impopularité sera proportionnelle aux rigueurs de la situation économique, et à cette carence d'imaginations pragmatiques qui empêtrent l'élan de nos aspirations des plus élémentaires.

Ce serait inconcevable de recommander la patience en ces circonstances ; mais, n'est-ce pas que la patience est une des plus grandes vertus humaines ? D'ailleurs, quoi de mieux à recommander qui ne serait déloyal sinon une logique judicieuse de marcher à tâtons s'il le faut mais pas de travers, ni en arrière. N'importe quelle autre exhortation qui ne vise pas à un compromis national pour le bien de tous et de la nation ne serait que division et diversion.

Décidément, on ne peut pas demander à Martelly et à son équipe de faire vite. Ce serait l'invitation à une chute casse-cou que de forcer la main à un homme qui s'est embarqué hier sur une barque rouillée, bondée de problèmes séculaires, sans espérer une certaine intransigeance de sa part, puis une certaine défaillance morale qui s'ensuivrait indubitablement si nous ne l'aidions pas. Aucune chute ne devrait être ni à souhaiter ni à susciter à ce point de notre Histoire.

La nation entière doit planifier avec lui, car sans planification la nation entière est vouée à l'échec. Chaque Haïtien doit travailler avec lui, avec les moyens que nous avons ou que nous n'avons pas, plus que nous l'avions fait peut-être dans le passé, car le procès de la consolidation doit faire place au procès-verbal de la solidarité nationale. Sinon, en arrivant au rendez-vous avec l'histoire auquel Martelly nous convie, nous trouverons tous un monstre à visage multiple appelé antagonisme national à vaincre ; et la reconstruction, notre projet de société, espérée et timidement amorcée parce qu'exécutée avec de faibles moyens, aura été remise à un infini lendemain.

Un autre échec né de mauvaise foi patriotique serait piteux après tout ce vacarme du début autour de l'incompétence et de l'incongruité de Martelly – incongruité qu'il n'a d'ailleurs jamais contesté – de faire plutôt le constat de la mauvaise foi de nos élites. De drôle à ange aux poings serrés, Martelly deviendrait tout court un ange. Tout le monde il serait beau, tout le monde il serait gentil, sur la carcasse moralement conspuée de nos élites de tout poil et de tout acabit.

Le premier choix, qui avait démontré clairement que Martelly était prédisposé à négocier des compromis historiques pour mettre le pays sur les rails du développement économique et qui devrait avoir convaincu de sa volonté d'une détente nationale dans les relations, fut celui de recommander Daniel Gérard Rouzier comme Premier Ministre. Pour quelqu'un, historien ou pas, qui avait suivi de près l'évolution de l'état des rapports entre les dépendantes sociopolitiques de tous les temps, cette recommandation pouvait avoir été saluée en tant que la fin du duel secteur privé/secteur public. L'intellectuel Jean Reynold Georges, sans le vouloir peut-être sans le savoir, avait exprimé l'inquiétude de toute une catégorie de la vie nationale au sein d' une inquiétude nuancée, exprimée par la suivante. 'Le secteur privé longtemps piégé par des régimes populistes, la diaspora haïtienne, les investisseurs étrangers sont mis en confiance pour créer du travail en vue de permettre au peuple haïtien de vivre dans la dignité et de recouvrer sa souveraineté'.

L'offensive précitée, permettez-moi de l'évaluer en tant que telle, faisait plutôt l'effet d'une certaine apologie de Georges quant aux questionnements possiblement désapprobateurs d'un secteur de la vie nationale sur le choix du Président Martelly porté sur le très compétent homme d'affaires, humanitaire et humaniste chrétien, Daniel Gérard Rouzier. Choisi pour être le tambourineur de la croisade pour sauver Haïti tandis que lui, le président, serait le porte-drapeau, il fit face à une suffisance historiquement connue et qui nous a valus de terribles moments dans le passé. Les mots de Monsieur Jean-Pierre étaient élogieux, on les souhaitait plutôt justes comme tout laissait croire qu'ils l'étaient.

Rien ne portait quiconque à penser que Martelly prendrait la chance de porter ce fardeau par devant la nation, par-devant le monde de vouloir donner à la légère le goût de l'espoir à dix millions de désœuvrés, de désespérés, de déboussolés et d'expatriés. Par conséquent, son choix devait être déterminant quant à lui, quant à ses aspirations sociopolitiques, quant à ses promesses envers l'électorat fanatisé jusqu'au core qui l'avait presque poussé vers le scrutin universel pour le propulser ensuite vers le fauteuil présidentiel. Son choix, en conséquence, devait mériter plus que le bénéfice du doute. Il devait mériter la confiance nationale.

Ce qui est logique d'ailleurs. Quoi sert à quoi sans confiance? Qui sert qui sans confiance? L'on voulait croire que ce choix fut finalement l'avènement définitif de ce mutualisme économique national toujours initié mais sans cesse en stade d'avortement depuis

1804.

Se référant une autre fois à la préférence de 'la folie des passions à la sagesse de l'indifférence' tel qu'exprimé par Anatole France, on voulait croire Martelly incapable d'aucune bévue dispendieuse pour ne pas dire catastrophique au progrès d'Haïti plus qu'à sa notoriété historique. On pensait, à tort bien entendu, qu'il était grotesque par penchant naturel plutôt que par accident professionnel. Il devait démentir et dévier cette tendance à diminuer ses capacités de pensées profondes et élévatrices.

Le passage susmentionné – qui d'ailleurs ne contient aucune matière à reproches quant à sa phraséologie élogieuse à l'égard de Rouzier ou favorable à sa nomination-avait attiré tant soit peu l'attention pensant qu'il offensait et faussait un peu la vérité et la réalité sociopolitiques haïtiennes quant aux finalités des relations tendues entre secteurs privé et public Haïtiens, et les paramètres de cette tension spécifique. Sans parti-pris et sans vouloir faire œuvre d'Historien, toute évaluation neutre de ce phénomène séculaire porterait à se rendre à l'évidence , palpable d'ailleurs, que c'est tout à fait le secteur privé qui a toujours refusé de voir d'un bon œil les régimes populistes, et se fait toujours leur ennemi en partant, en ne donnant aucune chance à un conciliabule utilitaire pour la nation entière. L'élu du moment historique doit être tant soit peu souché à la catégorie des magnats économiques haïtiens et étrangers, brasseurs d'argent impénitents qui monopolisaient le contrôle du pouls économique de la nation pour assister à une détente temporaire dans la relation secteurs public et privé. Chez nous, macro et micro économies, étranges sœurs siamoises condamnées à cohabiter pour le meilleur mais l'est plutôt pour le pire, ne se donnent jamais la main de solidarité pour le bien-être collectif.

Ici, allusion n'est pas faite à la farfelue question de couleur ni à celle d'appartenance à une couche sociale bien déterminée. La couleur épidermique n'a toujours été vraiment qu'un garde-boue, un moyen de faire contre une mauvaise conscience personnelle un bon cœur sectaire ou vice-versa et d'induire les intuitions supérieures en erreur. Des homologues mulâtres se passent aussi à tour de rôle des atrocités mémorables au nom d'intérêts trop immenses pour les perdre au profit d'un quelconque sentimentalisme de quelque nature qu'il soit. Pétion, par exemple, faisait face à la hargne impardonnable de ses semblables mulâtres dans sa volonté d'imposer, au profit de la collectivité, la gestion robuste des finances de la jeune nation.

Analyser une telle facette de nos relations sociopolitiques à la légère lui attribuant une allure plutôt épidermique qu'elle n'est toujours essentiellement qu'économique serait une démarche désuète de la part de quiconque au détriment d'une détente nationale salutaire et fructueuse. Une telle démarche aurait altéré la probité intellectuelle de toute observation historique portée sur cette investigation autour du phénomène Martelly.

Peut-être, c'est ce qui a expliqué ce choix de Martelly au préalable, favoriser une détente à l'amiable, défaire notre mentalité des composantes désuètes donc rétrogrades. Comme mentionné antérieurement, Michel Martelly, à défaut d'être un peintre de l'âme humaine, est un technicien de l'âme humaine. Il l'est carrément en vertu même de l'intelligence et de l'adresse avec lesquelles le chanteur aux refrains socialement et politiquement exaspérants est passé - aux yeux des seigneurs de la pensée politique et intellectuelle – de numéro un moralement blâmable au numéro un utilitaire et louable de la nation.

À travers ce choix, il avait voulu introduire tout le monde en sa confiance, les faire comprendre qu'il est le président de tous les Haïtiens et que les secteurs public et privé sont des vecteurs d'une même résultante nationale. Il pensait qu'aller en sens inverses de la part des acteurs nationaux, pareils á deux vents contraires, foirerait la girouette nationale et qu'ils doivent former autour de lui un cordon de sécurité pour réussir la nouvelle expérience politique désirée. Il prend un peu de tact, de génie politique et de dévouement à la cause collective pour arriver à une telle résolution dans la sélection des perspectives, des expertises et des collaborations.

Ce fut un choix davantage déterminant que l'économique et le social ont toujours eu une dent contre le politique. Une étude sur les relations sensibles à la bonne marche des choses nationales prouverait que le populiste engagé et honnête est toujours celui qui réclame de l'économique et du social un peu de bien-être, d'amour et de service pour la nation entière et devient toujours la bête noire, celui par qui le scandale arrive, l'apôtre fou de la prétendue prédication de la légalité dans l'anarchie. Un tel leader est toujours jugé d'un idéalisme exaspérant face au pragmatisme écœurant des faiseurs d'argent de cette nation. Le politique qui veut soulager est toujours un égalitariste médiocre, propulseur d'anarchie. C'est toujours du moins la perception fournie par le désaccord outré entre les tendances politiques.

Ainsi, le secteur privé a toujours été trop enclin, il était une fois, à donner des pots de vin aux fonctionnaires de l'état plutôt que de payer des impôts à l'état. Par conséquent, nonobstant sa bonne foi dans sa visée à favoriser la détente, cette démarche intellectuelle de la part de George pour l'exonération du secteur privé des irresponsabilités destructrices au bien-être économique de la nation demeure questionnable.

Le secteur commercial qui refuse de se faire courtois et délier sa bourse pour aider à créer une base économique solide ou de vendre à un prix indulgent pour favoriser le droit à une subsistance digne; le social qui se fait réfractaire quant à fournir des services adéquats au gros du pays, au vrai pays pour qu'Haïti révise ses pratiques eu égard à l'observation de Georges Orwell qu'au-delà d'un certain niveau d'inégalité, il n'y a point de monde commun. Il est à souhaiter qu'une certaine sensibilité à l'égard du monde commun ait commandé Martelly à voir en ses collaborateurs les anges que le secteur privé et le secteur public attendaient pour répondre solennellement à notre déterminisme historique toujours aux abois.

En fin de compte, que dire essentiellement de Martelly qui paraîtrait juste, légitime et équitable ? Comment l'évaluer à mi-chemin de sa vraie campagne, non celle qui donne l'opportunité de gravir les perrons du Palais, de jouir des prérogatives y relatives et assurer sa place devant tous les projecteurs d'Haïti et du monde; mais celle qui lui permettra de réaliser son ambition ultime ? Il a exprimé son désir, légitime et raisonnable d'ailleurs, celui d'utiliser la présidence pour blanchir les linges sales et en même temps d'écrire la plus belle page de sa vie sur un parchemin sinon vierge mais rétabli.

Martelly entendait braver astucieusement les extrêmes pour assurer sa victoire, pour avoir le pouvoir à sa façon, et il l'a eu à sa façon pour faire tout fonctionner selon sa vision, selon une stratégie bien structurée et selon un plan exécuté avec brio aidé de ses collaborateurs immédiats, de ses guides et de ses commanditaires dans les coulisses. À sa façon, bien entendu, mais pas seul, il proclamait.

Pourquoi et comment contester, aussi longtemps que les résultats se font sentir au bénéfice de tout le monde, autochtone et étranger. La science ne prévoit-elle pas que pour faire les choses autrement, il faut voir les choses autrement. À cela, et bien qu'il l'ait prononcé dans une toute autre perspective, Maurice Sixto, qui lui-même, dans un premier temps, aurait ri de l'ambition politique du musicien débonnaire, dirait 'Les hommes n'aiment que la victoire, donne-leur la victoire en bonne mesure'. « Un succès massif » dirait Frank Sinatra demeure la plus grande revanche de Martelly sur les forces de l'opposition à sa présidence et de répudiation de ses valeurs intrinsèques.

Et quelles doivent être l'ampleur et la facture du débat national pour aider le président à écrire les plus belles pages de l'histoire récente d'Haïti et de sa belle page personnelle? Pourquoi ne pas pouvoir dire au monde entier qu'Haïti a été la première nation à réinventer les formules d'accès à la présidence en provenance directe du podium musical en faisant de Joseph Michel Martelly le premier musicien professionnel dans le monde à aspirer à être et à devenir président? Quelle civilisation démocratique cela ferait de nous en dépit de nos aléas! Pour paraphraser le grand Sixto une autre fois, Haïti pourra dire au monde entier 'qui de vous dans son histoire a produit un Martelly, joyeux luron et saltimbanque par moments mais progressiste et nationaliste par-dessus tout'.

Tout comme nous disons avec fierté que Toussaint Louverture a été le Premier Noir dans l'histoire Universelle à produire une Constitution, que Dessalines a été le premier Républicain Noir de tous les temps, qu'Henri Christophe avec une volonté de fer dans l'âme a fait sortir de terre la plus grande forteresse militaire de l'hémisphère Occidentale, qu'Alexandre Pétion a fondé le premier vrai système scolaire public dans le monde, que les Duvalier s'étaient assurés une longévité présidentielle sans égale pour s'arroger le droit de se réclamer du plus tumultueux moment de notre histoire, qu'Ertha-Pascale Trouillot a été la première présidente de la première République noire, qu'Aristide fut le premier prêtre à devenir président d'Haïti ou qu'il a atteint le record de président déposé, exilé et revenu, et que Préval s'était assuré une immortalité historique par devenir le seul à passer le pouvoir par deux fois sans commotions sociales regrettables tels arrestations, meurtres, expulsions.

Apprenons de même le monde à dire de Martelly qu'il y avait dans ce musicien fantasque les marques d'un citoyen généreux, d'un fantaisiste chevaleresque, d'un bambocheur armé d'un rêve autrement patriotique. N'allons pas jusqu'à affirmer que son enthousiasme n'était que pur volontarisme politique, mais disons qu'il était chevaleresque dans cet élan magnanime qui l'avait poussé vers le lumpenprolétariat pour marquer un autre grand moment de notre histoire. Maintenant, un autre genre d'odyssée s'impose à nous dans toute la rigueur de son urgence.

À l'heure de la refonte de tous les débris, de la réfection des mentalités et possiblement de la renaissance des mœurs sociopolitiques, la circonspection doit prévaloir afin de permettre aux fruits de tenir pour une fois ou cette fois pour toutes la promesse des fleurs sans accabler le rêve haïtien, le seul bien qu'il restera à Haïti quand tout sera perdu. Que nous nous tâchions à rendre agissants le bon sens commun et le sens du bien commun dans la dignité identitaire au moins. Quand tout était perdu auparavant dans la recrudescence de nos nombreux malheurs, notre foi en Haïti a survécu. Qu'il en soit ainsi en ce temps de renaissance sous Martelly. La noblesse de la cause doit instamment exiger la sauvegarde des sentiments grandioses et l'entente cordiale entre toutes les tendances haïtiennes.

Notre indifférence vis-à-vis de ses prouesses envers la nation et envers son rachat moral personnel ne fera jamais la différence souhaitée. Ce qui fera la différence désormais, c'est le courage de l'entente cordiale dont nous tous ferons montre au sein de cette fièvre de rebâtir pour le meilleur. Par bon sens commun, il faut voir les capacités de persuasion, de perspicacité, de raison et de logique auxquelles nous devrons faire appel pour guider nos démarches présentes et futures et faire de l'après Martelly une Haïti héritière du support collectif digne de l'ère Martelly. Par le sens du bien commun, il faut envisager la concentration de toutes les démarches vers l'établissement du lieu commun qui a toujours fait défaut, le niveau élevé des inégalités trop criantes ayant toujours été au-delà de l'imagination et à l'horizon de notre volonté de triomphe définitif.

À cela, faisons un choix éclairé. Pour Martelly ou contre Martelly, choisissons d'être pour Martelly jusqu'à la fin de son mandat ou de ses mandats, tout en respectant les règles démocratiques fixées par la loi mère et aussi les droits de ses opposants. Aucune démocratie ne peut fonctionner sans une opposition politique éclairée qui sait, en accord avec Burdeau, 'qu'elle est une valeur parce qu'elle est la figure tangible de la liberté démocratique', que cette opposition vienne du palais législatif, ou de l'élite représentative de la pensée politique Haïtienne. Laissons la prestation personnelle du président eu égard à ses promesses et à ses devoirs citoyens, l'esprit des lois haïtiennes et le verdict populaire être les seuls juges, pas nos intérêts personnels ni aucune fausseté aux principes républicains qui font de nous une nation petite, mais fière parce que libertaire et égalitaire.

De toute évidence, ce qu'on doit réaliser et s'efforcer à retenir c'est que longtemps encore après sa présidence, le phénomène Martelly aura constitué un casse-tête pour toutes les catégories et secteurs sociaux haïtiens et du monde. Haïti, le peuple Haïtien a ajouté à sa belle histoire une autre page qui défraie la chronique et défie l'imagination. Un chanteur tumultueux appelé Michel Joseph Martelly a bravé des tabous séculaires et s'était débarrassé de sa jupe pour s'affubler du costume présidentiel.

Maintenant que la balle est aux pieds de chaque

Haïtien, il serait inconvénient de parler d'un certain manque de préparation de sa part. Nous savons ses faiblesses, il sait nos capacités et il a fait le geste chevaleresque de nous le rappeler en ces termes '...Ce n'est pas la compétence qui manque au pays, mais la détermination. Nous devons tous mettre la main à la pâte pour changer le pays'. N'est-ce pas chevaleresque de sa part de reconnaître la compétence de qui questionne sa propre compétence ?

En effet, ce n'est jamais par manque de compétence que nous nous trouvons au fond de cet abîme où nous cherchons seulement à lever la tête en plein vingt-unième siècle et après deux cent ans d'indépendance. Nous nous sommes simplement prouvés incompétents au sein même de la compétence. Haïti est heureusement un pays où même des illettrés font preuve d'imagination fertile. Faire valoir nos capacités par une entente cordiale visant à l'humain et à la collectivité est l'expertise à maîtriser et l'enjeu à envisager.

Et Martelly nous donne encore le bénéfice du doute quand il ajoute que c'est la détermination qui nous manque. C'est plus qu'aucun déficit de la pensée qui nous accablerait, mais des volontés désintéressées à galvaniser. Seuls faire taire nos ambitions personnelles et céder la place aux intérêts supérieurs de la nation feraient la différence qu'il faut. Nous comprenons mal comment nous élever individuellement en donnant la primauté au collectif.

Pour appuyer le président, nous ne manquons pas de compétence. Au contraire, à bien des points de vue, nous sommes des étoiles qui se sont fourvoyées dans un trou. Dans l'ensemble, Martelly est loin, très loin d'être parfait, mais il est en train de nous montrer, pour paraphraser René Depestre, que le petit sauveur placé en lui à la naissance ne s'était pas laissé submerger totalement ni dans l'alcool' ni dans le fleuve glauque de ses comportements non standardisés.

Ce fidèle adepte des pensées de Bentham puis de Mill, sans le savoir peut-être sans le vouloir, dirait comme eux et comme toutes les figures citées dans ce bouquin 'À partir de maintenant, j'ai ce qu'on pourrait appeler un objectif dans la vie ; à être l'un des réformateurs de ce monde'. De lui, comme de tout Homme qui a choisi de se mettre du côté de la Providence des humbles, peu auront dit du bien et beaucoup auront dit du mal.

Laissez-moi emprunter un verset biblique ici: 'Malheur lorsque les hommes diront du bien de vous, car c'est ainsi qu'agissaient leurs pères à l'égard des faux prophètes ' (Luc 5 :26). Fidèlement à la conception de l'ancien Sénateur Ted Kennedy, mieux que pour être président, mais pour avoir servi l'humanité haïtienne à titre de musicien engagé hier et aujourd'hui travailleur social émérite, Martelly a inscrit son nom en lettres indélébiles dans les annales de l'Histoire Universelle. Il n'aura pas démérité de la réputation immortelle qu'il a été le premier président d'Haïti à faire du métier de président un fonctionnaire de la société. Il est entrain de démontrer son zèle présidentiel dans les réalisations sociopolitiques standardisées tout comme dans les excès qu'il est le tout premier à initier dans notre culture politique en témoignage de sa bonne foi patriotique et personnelle.

Œuvres consultées

Baccou, R. (1966). *La république de Platon*. Paris, France : Garnier-Flammarion.

Burdeau, G. (1979). *Le libéralisme*. Paris, France :Editions du Seuil.

capitainemiki48. (2012. L'oubli est fatal à la mémoire d'une nation. http://www. haitiwebs.com.

Dorsainville, J.C.(1942). *Histoire d'Haïti. Cours élémentaire et moyen.* Port-au-prince, Haïti :Henri Deschamps.

Hoy, T.(1983).Thought. *A Review of culture and idea*.58. 393-405.

Kestelot, L. (1967). *Anthologie négro-africaine. Panorama critique des prosateurs, poètes et dramaturges noirs du vingtième siècle.* Berviers. Belgique : Editions Gérard & Co.

McPherson, J. M. (1991). *Abraham Lincoln and the Second Revolution*.New-York, N.Y:Oxford University Press.

Segond, L. (1910). *Bible d'études*. Chicago, Illinois : Ligue Biblique Internationale.

Strathern, P. (2002). *J.S.Mill in 90 minutes*. Chicago, Illinois : Ivan R. Dee, Publisher.

Touchard, P.A.(1968). *Le théâtre et l'angoisse des hommes*. Paris. France : Editions du Seuil.

Walsh, D. J. (1983).Thought. *A Review of culture and idea*.58. 364-374.

D'autres ouvrages du même auteur :

The Sublime Heights of Generous Passions (2002)
Lasselle(2003)
Dilius et le Pot au Lait(2007)
Verbi Potens Sacra Est(2007)
Les Procès de Dilus(2008)
Et Les Arbres Saignèrent(2009)
Haïti : The Persistence of Misfortune(2010)
Haïti : La Persistance du Malheur(2010)
The Hierarchy of Human Sufferings (2010)
La Hiérarchie des Souffrances Humaines(2010)
Les Passions Dangereuses(2013) (en cinq parties)
From Political Extravaganza to Political Glory : Michel
Joseph Martelly' Strange Journey(2014).
De la Extravagancia Musical a la Gloria Política: La
Jornada Fantástica de Michel Joseph Martelly (2014).
Sòti nan Koudyay Mizik tonbe nan Gran Panpan Politik:
Kalinda Mouche Michèl Jozèf mateli(2014).
À Paraître en 2015 :
Amour et Raison.
Les Trois Mousquetaires de Jacmel.

ISBN 978-0-9912499-1-6

9 780991 249916   90000

www.ingramcontent.com/pod-product-compliance
Lightning Source LLC
Chambersburg PA
CBHW030410020726
47493CB00003B/1017